KB214379

있는 그대로

살아있음에 대한 단상

THE FIRST STORY: AS IT IS

있는그대로

살아있음에 대한 단상

정범석 지음

다락방

목 차

프롤로그 숨, 쉼

제1장 들숨 날숨

제2장 나무의 계절

제3장 오늘이라는 가능성

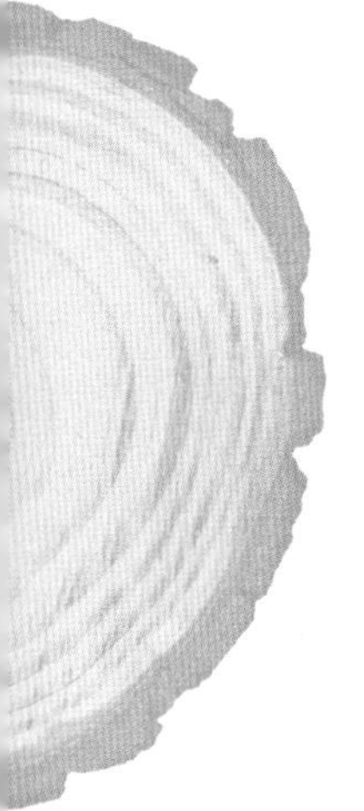

제4장 밥맛 살맛

제5장 그래도 꽤 괜찮다

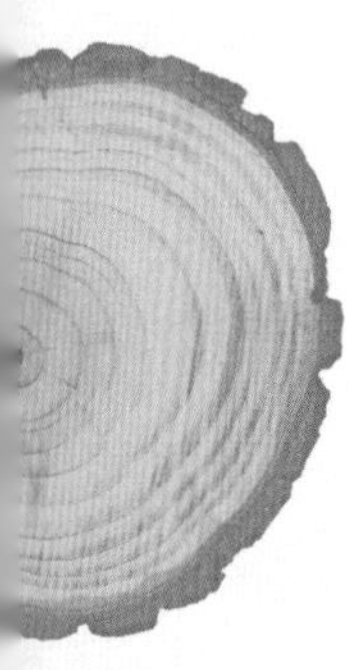

프롤로그

숨, 쉼

고목.

늙은 나무라는 뜻입니다. 주로 키가 큰 나무로, 더 크지 않을 정도의 오래된 나무를 말합니다. 겉은 멀쩡하지만, 상처 안 입은 곳이 없고 속은 썩어 비어 있습니다. 고목은 제가 운영하는 소소한 블로그의 이름이기도 합니다.

환갑이 훌쩍 넘어 이제는 고목이 되었습니다. 예전 기준으로 본다면 지금 죽어도 서운하지 않은 나이를 먹은 것이고 죽을 수 있는 자격을 얻은 것입니다. 세상을 잘 만난 덕에 위로한답시고 '인생은 육십부터'라고 덕담을 듣기도 합니다. 제아무리 세월을 잘 만났다고 하더라도 노인은 노인이고 고목은 고목인 것 같습니다. 겉도 속도 멀쩡한 것 같은데 몸도 쇠하고, 맘도 쇠한 한낱 늙은 고목인 셈입니다.

'마음은 청춘인데'

어른들이 하던 소리를 지금 제가 하고 있습니다. 맞는 말인 것을 실감하고 있습니다. 고목이 되도록 살았다면 못생기고 못난 나무입니다. 잘생겼다면 벌써 재목이 되어 궁궐에 가 있거나 양반댁 서까래가 되어있을 테니까요. 못생기게 태어나서 고목이 된 것을 감사하고 있습니다.

이제부터라도 무엇을 할 수 있겠는가 생각했습니다. 지금껏 특별히 한 것이 없는 것 같습니다. 지금이라도 무엇을 새롭게 할 수 있을까 싶습니다. 할 수 있는 거라곤 그저 내 자리에 서 있는 것 뿐입니다. 양치는 목동처럼 언제든지 떠날 준비를 하면서 살아왔습니다. 무엇 하나 욕심을 내어 이루고자 한 것도 없고 그날그날 최선을 다하며 성실히 걸어왔습니다. 아무 미련이 없습니다.

다만 감사한 것은 많은데 그 빚을 다 갚지 못하는 것이 아쉽습니다. 지금까지 받은 은혜를 갚아야 하지만 자고 일어나면 은혜의 빚은 또 늘어나 있습니다. 몸은 늙어 고목이 되었는데 하늘 같은 은혜는 계속 쌓여갑니다. 살아서도 못 갚은 부모의 은공은 죽어서라도 갚을 수 있을까 싶습니다. 지금까지 살아있는 것도 하나님의 은혜라 과분한 사랑을 받은 것에 감사할 뿐입니다. 그동안 저를 기억하는 사람에게 받아온 사랑과 격려에 어찌 화답해야 할지 모르겠습니다.

배움이 짧았습니다. 학교에서 글공부도 제대로 못했습니다. 지긋지긋한 가난에 도전장을 내듯 맨몸으로 뛰쳐나오다시피 했습니다. 아무도 없었지만 대신 만물이 책이 되어 주었고 몸이 연습장이 되어 주었습니다. 생존을 위해 귀천을 가리지 않고 몸이 부서져라 일했습니다. 쓰러졌다 일어서다를 반복하며 몸 성한 곳은 없지만 경험이 남겨졌습니다. 흙과 바람에 짓이겨진 삶이었지만 그 삶을 통해 배웠습니다.

그 삶이 혹여 삶의 힘든 시기를 지나고 있을 이에게 작은 도움이 되기를 바라며 살아온 궤적을 그리고 싶었습니다. 가진 것이 없어 괴로워하는 사람들에게, 못 배웠다고 생각하고 주저앉는 사람들에게 희망의 위로를 건네고 싶습니다. 지나가는 나그네에게 이정표가 되어 주고 길을 걷다 지친 사람들에게 앉아서 쉴만한 그늘이 되어 준다면 다행이지 않겠습니까. 늙어도 가치 있는 존재로 누군가에게 쉼을 선사한다면 그것만큼 멋진 일이 또 있겠습니까.

황폐하고 척박한 땅에 뿌리내린 고목은 모진 비바람에 할퀴고 찢기었지만 이 땅의 정체성과 함께 했습니다. 고목은 쓸모가 다 할 때까지 묵묵히 변함없이 그 자리에 있을 겁니다.

숨이 쉬어지게 하는 쉼이 되었으면 좋겠습니다.

올해에는 고목에도 꽃이 피면 좋겠습니다.

제1장

들숨 날숨

01

흙먼지 내려앉은 라면박스

한적한 시골마을이 가끔 떠들썩해지는 날이 있습니다. 촌구석에 국회의원들이 나타날 때입니다. 자동차가 지나가며 일으키는 흙먼지를 따라 잡겠다고 친구들과 맨발로 뒤쫓아가곤 했습니다. 바퀴 달린 자동차가 굴러가는 것이 그저 신기하기도 했지만 멋진 차 안에서 누가 내릴지 더 궁금했습니다.

그렇게 아우성치며 따라간 자동차의 종착지는 고아원과 양로원.

검은 정장을 입고 선글라스를 낀 수행원들이 차에서 먼저 내립니다. 트렁크를 열고 라면박스를 꺼냅니다. 상자를 사람 키만큼 쌓아놓고 사람들을 불러 모읍니다. 모든 준비가 끝나면 말쑥하게 차려입은 국회의원이 차 문을 열고 나옵니다. 그의 무표정하던 얼굴에 갑작스러운 웃음이 피어납니다. 허름한 고아원과 상자 무더기를 배경으로 사진을 찍습니다. 몇 마디 짧은 인사와 악수가 오고 갑니다. 건강하시냐고, 잘 지내시냐고 물었겠지요. 어떻게 지내는지 정말 궁금했을까, 평소에 그들 생각은 했을까 궁금하여집니다.

무엇이 그리 급한지 채 10분이 안 돼서 그들은 사라졌습니다. 한참 감수성이 예민했을 원생들, 거동조차 힘겨워하던 나이 든 어르신들이 라면박스 앞에 덩그러니 남아있습니다. 함께 사진을 찍고 유유히 사라지는 그들의 뒷모습을 보면서 무슨 생각을 하셨을까요. 가슴 가득 흙먼지였을 것입니다.

어린 나이였지만 그것이 무엇인지는 느낄 수 있었습니다. 굳이 말로 하지는 않았지만 그 자리에 남아있던 사람들이 같은 것을 느끼고 있었음을 알 수 있었습니다.

제대로 기부하는 사람들은 남이 모르게 합니다. 진심으로 이웃을 돕는 사람들은 조용히 합니다. 정작 없는 사람들이 가진 사람들보다 더 많이 베풀곤 합니다. 마음에도 없는 보여주기 위한 겉치레하기에 바쁜 사람들이 꼭 국회의원들만은 아닌 것 같습니다.

대개의 사람들은 화려하고 높은 곳에 가기를 원하고 생색내기를 좋아합니다. 행사장에 가면 제일 앞자리에 앉으려 하고 사진을 찍어도 가운데 서려 합니다. 높은 사람과 가까운 위치에서 사진을 찍는 것이 그 사람과의 관계 거리를 증명하는 듯 바로 옆에 가려고 눈치를 봅니다. 일을 해도 편안한 곳으로 가려 하고 힘든 곳은 피하려 합니다. 노는 데는 앞장서고 일하는 데는 뒤로 쳐집니다. 무언가 도울 때도 어떻게 하면 생색을 많이 낼까 고민하는 모습이 역력합니다.

빈 수레가 요란합니다. 겉치레하는 삶을 살다가는 언젠가 들통나고 맙니다. 진짜 모습이 언제 어디서 누군가의 핸드폰에 담길지 모르는 것입니다.

쌓아둔 라면박스를 뒤로 하고 아마도 다른 행선지에서 또 다른 인증사진을 찍기 위해 부단히 움직였을 것입니다. 사진 속에 담겨있을 고아들과 노인들의 심정은 생각이나 해봤을까 싶습니다. 국민의 뜻에 따라 국민을 위해 산다는 사람들이 국민을 사진 속 배경으로 취급하는 건 아닐까 아쉬움이 남습니다. 보여주기 위한 쇼는 갈수록 진화되어 퍼 나르기가 계속되고 있습니다. 50년 전처럼 오늘도 요란하게 빈 깡통들이 시끌벅적 굴러다닙니다.

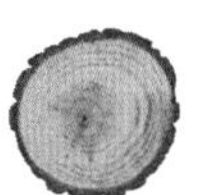

02

못했지만 잘했다

철없는 어린 시절 이야기입니다. 제가 살던 동네에 또래 녀석이 있었습니다. 이 아이는 아버지가 빨리 죽었으면 좋겠다고 노래를 부르고 다녔습니다. 아버지가 술을 먹고 엄마와 누나를 때린다고 하나님께 빨리 데려가달라고 기도했습니다. 하나님이 기도를 들으셨는지 그 애가 18세가 되던 해에 아버지가 돌아가셨습니다. 요즘 세상에 이런 기도를 하는 아이는 별로 없겠지만 그 당시 다수의 아이들은 일상처럼 맞고 자랐습니다. 그렇게 무서운 아버지 앞에서 늘 죽어지냈습니다.

집이 편안하려면 아버지가 죽어줘야 합니다. 죽는다는 것이 다른 것이 아닙니다. 예수님께서 십자가에 죽어주시고 부활하신 것 같은 거창한 죽음이 아닙니다. 아이들이 신나게 놀고 있는 데 아버지가 퇴근해서 돌아오는 순간 조용해진다면 그 집은 죽은 집입니다. 텔레비전을 보고 게임하고 막 떠들고 놀다가 아버지가 현관문을 여는 소리에 순간 각자 방으로 들어간다면 그 집은 행복한 집이 아닙니다.

공부하라고 큰소리치거나 '너는 도대체 왜 그러냐.' 험하게 인상 쓸 것 없습니다. 아이들이 언제까지나 생각 없이 놀기만 하지는 않습니다. 놀이를 하고 있다면 무엇을 하는지 관심 가져주고 게임을 하고 있다면 왜 그것이 재미있는지 물어봐주세요. 같이 놀아주지 않아도 아이들을 향해 웃어주는 것만으로 충분합니다.

연못에서 울던 개구리는 뱀이 나타나면 조용해집니다. 아버지가 집에 들어왔을 때 조용해진다면 스스로 어떤 아버지인가 생각해봐야 합니다. 그걸 혹여 자랑스럽게 여기면 안 됩니다. 아이들은 늘 문제를 일으킵니다. 그래서 아이인 겁니다. 학교에서도 아이들이 잘못했을 때 선생님이 좀 참아주고 다독여주면 행복합니다. 군대도 마찬가지이고 직장도 다를 바 없습니다. 윗사람들이 참아주고 웃어주는 만큼 존경받고 사랑받습니다.

있는 듯 없는 듯 존재하지만 인간에게 없으면 안 되는 것이 공기입니다. 눈에 보이지 않고 잡히지도 않지만 절대적으로 존재하는 것입니다. 나이가 들수록, 직위가 올라갈수록, 더 어른일수록 있는 듯 없는 듯이 존재해야 화목하고 화평합니다. 호통치고 밟고 무시하는 사람을 좋아하는 사람은 없습니다.

저는 가족 식사를 하러 가면 아이들이 좋아하는 것을 선택하게 합니다. 내가 하고 싶은 것을 내려놓아야 아이들이 하고 싶은 것이 보이고 내가 먹고 싶은 것을 내려놓아야 아이들이 먹고 싶은 메뉴가 눈에 들어오는 것입니다. 윗사람이 하고 싶은 것, 먹고 싶은 것을 정해 놓으면 사람들 이야기가 들어오지 않습니다.

언젠가 아들이 기가 죽은 채로 제게 다가왔습니다. 시무룩하니 금방이라도 울음을 쏟을 것 같은 슬픈 표정으로 간신히 입을 뗍니다.

"아빠, 나 50점 받았어."
"괜찮아! 나는 그것보다 더 못했어!"

아들의 얼굴에 미소가 올라오는 것이 보입니다. 저의 그 한마디에 안심했을 것입니다. 또 어떤 일이 있어도 아빠는 나의 편이 되어줄 거라는 무언의 지지를 느꼈을 것이라고 생각합니다.

제가 집에 들어갈 때면 아이들은 무엇을 하고 있든 놀라지 않고 하던 것을 그대로 합니다. 물론 그것이 쉽지는 않았습니다. 그래도 못했지만 잘한 것입니다. 아이들에게만 필요한 말은 아닌 것 같습니다. 다 큰 어른들도 가끔은 스스로 해줘야 하는 말입니다. 못했지만 잘 했다고!

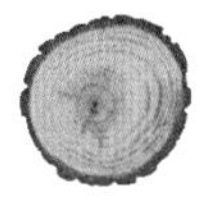

03

역사 값, 나를 있게 한 터전

20년 전 즈음, 일본 오사카를 방문했을 때 일입니다. 현지인 한 분이 유명한 어묵집을 소개해주셨습니다. 제가 물었습니다.

"그곳이 맛있는 곳입니까?"

"맛보다는 오래 되어서 유명한 곳입니다. 도요토미 시대부터 지금까지 하는 곳이에요. 그런데 가격이 조금 비싸요"

“얼마나 비싸 길래요?”

“아마도 일반 다른 어묵집에 비해서 4배 이상 비쌀 겁니다.”

“아. 그런가요? 많이 비싸네요.”

“네. 그곳이 비싼 이유가 있다고 합니다. 한번 방송에서 그 집 주인이 인터뷰 한 것을 본 적이 있는데 거기서 ‘역사 값’이라고 하더라고요.”

“그렇군요. 제가 꼭 방문해 보겠습니다.”

아무리 비싸도 꼭 먹고 가겠다고 다짐했습니다. 그런데 일정이 바빠 어찌 잊어버리고 결국 못 먹고 왔습니다. 지금은 그 집이 없어졌다고 합니다. 20년도 넘은 일이지만 그때 먹어보지 못했던 것이 지금도 후회스럽습니다.

‘역사 값’

이해하기 쉬울 것 같은데 쉽지가 않습니다. 사람은 세월이 가고 나이를 먹으면 크게 잘못한 것도 없는 것 같은데 꼰대라고 합니다. 심지어 카페나 식당, 헬스장에도 나이 먹은 어른들이 오는 것을 꺼린다고 합니다. 때로는 나이 먹은 것이 무슨 죄가 되나 하는 자괴감이 들 때도 있습니다. 이팔청춘이 영원할 것 같아도 다들 늙어갈 텐데 꼭 그런 말을 갖다 붙여야 하나 싶습니다.

사람과 반대로 가는 것이 있습니다. 아니, 사람만 빼고 나머지는 다른 것 같습니다. 도자기나 미술품, 건축물, 기념탑, 나무, 만리장성 같은 성벽, 이런 것들은 세월이 가면 갈수록 값이 올라갑니다. 유독 인간은 나이를 먹을수록 값이 떨어집니다. 푹푹 떨어집니다.

사람도 나이를 먹을수록 존중받으면 좋을 텐데 나이를 먹을수록 가파르게 값이 떨어지니 안타까울 따름입니다. 값이 떨어지는 나이의 기준도 점점 더 내려가 50대가 되면 퇴직을 합니다. 한창 일하고 있어야 할 나이에 새로운 직장을 찾기 위해 고민해야 하는 세상이 되었습니다.

예전에는 10년, 20년, 30년 나이 차이가 나도 공감대를 이루는 대화가 가능했습니다. 사람 사는 이야기, 삶에 대한 짧은 단상들을 나누곤 했습니다. 아는 가수들의 이름을 이야기하면 굳이 긴 설명을 하지 않아도 서로 알았고 영화 이야기를 해도 비슷한 감수성을 공유할 수 있었습니다. 세상이 진화하고 속도가 빨라진 만큼 공감할 수 있는 연령대도 급속도로 좁혀지는 듯합니다.

한번은 딸이 하는 이야기를 듣고 깜짝 놀란 적이 있습니다. 요즘 대학생들은 1학년과 4학년이 세대 차이를 느낀다고 합니다. 두 살만 차이가 나도 말이 안 통한다며 혀를 내두른다 합니다. 20년의 세대 차이가 2년으로 턱없이 좁혀지고 있습니다. 집에서는 부모들이 꼰대이고, 직장에서도 입사한 지 몇 년 되지 않아 꼰대 소리를 듣고, 학교에 가면 군대 다녀온 선배들이 꼰대 취급을 받는 시대입니다. 이렇게 사회 구석구석에 꼰대들과 함께 살고 있습니다. 나이 먹은 사람들이 꼰대라서 보기 싫다고 한다면 어디에 가서도 살 수 없습니다.

어디를 가도 꼰대는 있습니다. 노인을 구박하던 사람들도 조만간 꼰대가 됩니다. 나이를 먹는 것은 자연의 순리입니다. 어느 누구도 자연의 순리를 거스를 수 없습니다. 나이 먹었다고 꼰대라며 푸대접을 한다면 초등학교 저학년은 고학년을 꼰대라고 할 것입니다. 이미 그러고 있는지도 모르겠습니다. 나라 전체가 꼰대로 가득 차 있을 날이 멀지 않은 것 같습니다.

모든 것은 뿌리가 있습니다. 부모 없는 자식은 없습니다. 역사를 잊으면 나라를 빼앗기는 법입니다. 뿌리가 잘못되었다고 뿌리를 잘라버리면 문제가 생길 수밖에 없습니다. 농사 하시는 분들은 고욤나무에 감나무를 접붙여 키웁니다. 감나무가 고욤나무 싫다고 고욤나무 뿌리를 잘라버리면 감나무가 죽는 격입니다.

나라마다 독특한 역사가 있지만 특히 오래된 역사를 자랑합니다. 아무리 작은 나라라도 역사가 있듯이 사람도 그 사람만의 역사를 가지고 있습니다. 그 사람만이 지니고 있는 고유한 역사를 존중해 줄 줄 알아야 합니다. 할아버지가 있었기에 아버지가 있었고, 아버지가 있었기에 지금의 내가 있는 것입니다. 좋든 싫든, 마음에 들든 들지 않든, 그것이 중요한 것은 아닙니다. 나에게 뿌리가 있다는 것이 나를 있게 한 근원입니다. 나의 뿌리가 되는 것을 잊으면 안 됩니다. 나의 뿌리였던 그분들도 젊은 시절이 있었고 세대 차이를 느끼면서 성장하셨을 것입니다. 이해하지 못하는 부분들에서 갈등하고 충돌하고 화해하고 발전시키며 살아오셨을 것입니다. 우리가 그렇듯 말이죠.

젊은 사람들은 새로운 것을 창조할 수 있는 능력이 있습니다. 새로운 것을 창조할 수 있는 능력을 가지게 된 것은 창조할 수 있는 환경이 만들어졌기 때문입니다. 이러한 환경은 거저 주어진 것이 아닙니다. 앞선 사람들이 만든 것입니다. 새로운 시선으로 보면 과거의 잘못된 것들이 보일 수밖에 없습니다. 그런 과오와 희생을 바탕으로 오늘이 만들어졌습니다. 그 바탕이 없다면 '맨땅에 헤딩'하는 격입니다. 누군가가 만들어 놓고 쌓아 올린 것 위에서 재창조하는 것임을 잊으면 안 됩니다.

서로를 존중하는 것은 어찌 보면 가장 자연스러운 질서입니다. 질서가 깨지면 혼란스럽게 됩니다. 세상에 어떤 사람도 꼭 있어야 될 사람은 없습니다. 이 나라에 한 사람이 없다고 해서 나라가 안 돌아가지 않는다는 말입니다. 생명으로서 한 인간은 바꿀 수 없는 소중한 존재이지만 그 한 명이 없다고 지구가 멈추는 일은 없습니다. 그렇게 본다면 모든 인간은 모두 같은 인간입니다. 그런 하잘것없는 인간들이 모여 사는 세계입니다. 한강에 배 지나가면 표도 나지 않듯 언제 죽어도 먼지 같은 인간들입니다.

어른을 존중하고 어른은 아이들을 배려하고 사랑하는 것이 자연적인 질서입니다. 물이 위에서 아래로 흐르듯 순리입니다. 말이 안 통한다고 이해가 안 된다고 서로 내 말이 맞다며 상대를 무시하고 상처를 주면 생지옥입니다. 이렇게 생각하는 사람도 있고 저렇게 생각하는 사람도 있습니다. 많이 가진 사람이 있으면 가난한 사람도 있기 마련이고 빠른 사람이 있으면 느린 사람도 있기 마련입니다. 다 제각각 다른 것이 당연한 것입니다.

지금 젊은이들도 언젠가는 노인이 됩니다. 마냥 눈부신 청춘일 것 같지만 금방 지나갑니다. 젊은이들은 '꼰대'라고 불릴 자신들의 미래 모습을, 어른들은 '꼰대'라고 불렀던 자신들의 젊은 날을 떠올려 봤으면 합니다.

역사를 기억한다는 것은 지난 과거를 품는다는 것입니다. 지난 과거가 무엇입니까. 지금을 있게 한 우리의 터전입니다. 시대마다 겪어왔던 것이 다르고 그때마다 풀어야 했던 문제들이 있었습니다. 한 매듭 한 매듭 풀어 현재에 다다른 것입니다. 지금보다 더 좋은 세상이 또 오겠지요. 그리고 그날에는 지금 젊은이들이 만들어놓을 역사를 기억할 것입니다.

04

결국은 몸이다

인터넷을 보다가 재미있는 댓글을 하나 발견했습니다. 시간 대비 효과 있는 운동 몇 가지를 과학적으로 자세히 소개하는 칼럼이었습니다. 첫 번째 댓글이 3천 개가 넘는 공감을 얻어 당당히 상위에 랭크되어 있었습니다.

'오늘도 머리로 운동을 하고 갑니다.'

3천 명이 넘는 사람들이 '나도 그래! 나도 마찬가지야!'라는 심정으로 공감을 눌렀을 생각을 하니 피식 웃음이 났습니다. 한마디 짧은 댓글이지만 깊은 해학이 담겨 있습니다. 해야 한다는 것도 알고, 하면 좋은 줄도 알고, 누가 말리는 사람도 없으니 본인이 하기만 하면 되는데 그게 안 됩니다. 몸에 좋은 것을 머리에 담고 끄덕이며 맞는 말이라고 맞장구치고 끝나는 경우가 허다합니다.

알게 모르게 스스로 착각하며 사는 것이 많습니다. 운동해야 한다고 다짐하면서 운동에 관한 책을 읽고 정보를 모으고 운동 좀 한다는 사람들에게 묻습니다. 운동을 머리로 생각하면서 마치 운동을 하는 것처럼 착각하는 것입니다.

돈을 벌어야겠다고 생각하고 경제신문을 날마다 읽고 세미나에 다니면서 전문가가 된 것 같은 느낌에 빠집니다. 늘 생각을 하고 있으니 마치 돈을 버는 것으로 착각하는 수가 있습니다. 다이어트도 그렇고 주식이나 부동산도 그러합니다. 자기계발서를 잔뜩 사다가 읽고 인생에 도움이 되는 명언을 줄줄 외우고 강연을 찾아다닙니다. 머리로 이해하면서 자신의 실력이 늘고 있다고 생각하는 것도 마찬가지입니다.

생각은 머리에서 합니다. 실제 머릿속에 있는 생각을 팔다리로 끌어내려서 움직이지 않으면 생각은 생각으로 끝날 뿐입니다. 우리는 살면서 이런 착각에 자주 빠지곤 합니다.

결국은 몸이 움직여야 가능해지는 것들입니다. 이상은 저곳에 있습니다. 저곳에 있는 이상을 이곳으로 끌어와 현실에서 만들어 내지 못하면 이상으로 끝나고 맙니다. 이상은 실체가 없습니다. 실체가 없으면 그림자만도 못합니다. 허무한 것이지요.

우리가 익히 들어 알고 있는 천국은 하늘 너머 저 높은 곳에 있다고 생각합니다. 멀리 있는 천국을 이곳 나에게로 끌어내려서 내 삶의 현실 속 천국을 만들지 못하면 천국을 증명할 수 없습니다. 만약 부모가 자식을 사랑한다고 하는데 자식이 부모가 자신을 사랑하지 않는다고 생각한다면 부모는 자식을 사랑한다는 착각에 빠져 사는 것입니다.

사랑도 하나의 이상입니다. '사랑한다' 말한다고 사랑이 아닙니다. 현실의 삶으로 연결되지 않으면 듣기 좋은 하나의 말에 불과합니다. 사랑한다고 착각할 뿐입니다. 어리석은 사람은 착각에 매몰되어 본인이 어떤 착각에 빠져있는지조차 모릅니다. 자신이 생각한 것이 있다면, 생각한 것을 어떻게 실천해야 하는지 알고 있다면 그냥 당장 하세요. 생각에 머무르다 사라지는 것들은 허무한 꿈일 뿐입니다.

몸으로 사는 세상입니다. 몸이 먹어야 생존하고 몸이 자야 낮에 활동을 할 수 있습니다. 몸이 기본입니다. 아무리 좋은 아이디어가 있고 아무리 높은 꿈을 가졌다 한들 몸이 움직여야 합니다. 현실에 펼쳐놔야 내 것입니다. 이렇게 해보는 건 어떨까요.

"오늘은 머리로 운동을 했으니 몸으로도 한번 해봐야겠네! 단 10분이라도!"

05

인생의 신호등

세월이 빠르다는 것을 느꼈을 때 이미 60세가 훌쩍 넘었습니다. 북망산천을 향해 숨 가쁘게 가속페달을 밟고 있습니다. 세월의 무상함이야 처음 깨닫는 것이 아니지만 인생의 덧없음이 갈수록 더 진하게 느껴집니다. 저는 마흔이 넘어 결혼한지라 제 또래 친구들에 비해 자녀들이 어립니다. 앞으로도 할 일이 너무 많습니다. 그나마 나이가 많아서 다행인 것이 하나 있습니다. 막내 녀석이 유치원 다닐 때 친구들과 곧잘 말다툼을 했습니다.

"너희 아빠 몇 살이냐?"
"우리 아빠 몇 살이다! 너희 아빠는 몇 살인데?"
"……."
"거봐. 우리 아빠가 더 어른이지? 까불지 마!"

아이들은 한 살이라도 어른인 것이 좋은 줄만 압니다. 어릴 때는 나이 먹은 것이 좋은 일이라고 생각하는 듯합니다. 그래도 막내가 이겨서 왔다니 나이 먹은 것도 한몫한 셈입니다. 다행입니다.

자녀들에게 미안하게 생각하는 것이 두 가지가 있습니다. 첫째는 너무 늦게 결혼했다는 것입니다. 작게는 아이들 눈높이에 맞추어 주지 못한다는 것이고, 크게는 아이들을 오래도록 함께하며 지켜주지 못한다는 것입니다. 둘째는 바쁜 관계로 아이들과 함께 하는 시간이 적다는 것입니다. 첫 번째야 인간의 힘으로 어찌할 수 없는 일이나 두 번째는 노력하면 어느 정도 해소할 수 있는 일이기에 최선을 다하고 있습니다.

세상에 수많은 인연이 있지만 부모와 자식만큼 귀한 인연이 있을까 싶습니다. 귀한 인연을 만났으니 자식이지만 내 자식이 아닙니다. 하나님께서 하나님을 닮은 사람으로 키워 달라고 우리에게 맡겨 주신 걸로 믿고 있습니다. 그래서 사람들과의 만남을 자제하고 아이들과 가능하면 많은 시간을 같이 보내려고 애를 씁니다. 혹여 몸이 힘들고 멀리 떨어져 있더라도 아이들이 나를 필요로 하면 어디서든지 달려갑니다. 학원이 걸어서 10분 거리밖에 안 되지만 시간이 허락되면 꼭 데리러 갑니다. 일에 지치고 피곤한 날이 많아 눈만 감으면 쓰러질 것 같지만 아이들은 금방 자라니 여유를 부릴 틈이 없습니다. 앞으로 함께 할 날이 얼마 남지 않았다는 생각뿐입니다.

학원 앞에서 건물 정문만 뚫어지게 보고 있었습니다. 아이가 나를 발견하고는 곧장 내게 뛰어옵니다. 둘이 걸으며 이런저런 대화를 하다 보면 어느새 나의 손을 꼭 잡습니다.

"아빠. 우리 집 정말 행복하지?"

"왜?"

"아빠랑 같이 있으면 좋아. 우리 집 정말 행복해!"

마음이 이렇게 뿌듯할 수가 없습니다. 세상에 어떤 인연보다 귀하다는 것을 새삼 느낍니다.

가족들과 나들이 갈 때면 두 아이는 서로 내 옆에 앉으려고 다툽니다. 오늘은 어머님 댁으로 나들이하는 날입니다. 승강기 문이 열리자마자 시합을 하듯 제 차를 향해 달려갑니다. 제 옆자리를 차지하기 위해서입니다. 승자와 패자로 갈리고 차 안에서는 작은 소란이 일어납니다. 티격

태격 소동이 잦아들 때면 차는 이미 도로 위를 신나게 달리고 있습니다.

“아빠. 오늘 재수 없다.”

“왜?”

“저기 빨간불이네. 쭉 파란 불이면 좋은데……. 짜증 난다.”

성질 급한 아들 녀석의 말입니다. 신호등 앞에 서기도 전에 툴툴거립니다.

“음. 그래? 아빠는 너희들과 반대인데? 저 불이 파란불이면 이 차가 가다가 중간에 빨간 불로 바뀔 것 아니야. 그럼 위험하지 않을까? 시간도 더 많이 걸릴 텐데? 지금 빨간 불이니 안전을 위해서 멈추어 서 있는 거지. 그리고 이제는 파란 불로 바뀔 희망이 있잖아. 그런데 파란 불은 언제 빨간 불로 바뀔지 모르기 때문에 오히려 초조하게 만들어. 그래서 급하게 더 빨리 가려다가 사고가 날 수 있잖아.”

“아빠! 파란 불로 바뀌었어요. 재수 좋다.”

“그래. 이렇게 행운이 올 수도 있지만 이런 행운을 기대하지 마라. 인생 살면서 이런 행운은 로또 당첨되기보다 더 힘들다. 거의 그런 행운은 없어. 아빠는 파란 불보다 빨간 불을 좋아한다. 너희들이 나중에 크면 이해할지 모르지만 행운이 따르든, 불운이 따르든 인생은 살만한 것이란다. 어떤 것과도 바꿀 수 없는 귀한 거야. 타고난 운명이야 어찌할 수 없지만 인생은 운명에 도전하여 싸워볼 만한 것이란다. 인생이 아무리 힘들고 어려워도 인내하고 성실하게 살다 보면 빨간 불이 파란 불로 바뀌듯이 인생도 바뀌게 되고 행운이 올 수도 있단다. 그 행운은 노력하는 자에게 돌아간다. 이게 무슨 말인지 알겠냐?"

"네!"

"하하하. 그래. 대답은 잘하는구나!"

이제 다 커버린 아들은 더 이상 신호등을 보고 그런 말을 하지 않습니다. 신호등을 보면서 제가 해주었던 이야기를 기억하기 바랄 뿐입니다. 인생에 빨간 불이 켜졌을 때, 혹은 파란 불이 켜졌을 때 제가 한 말을 떠올리길 바랄 뿐입니다.

06

보는 것과 보여지는 것

모두에게 손꼽히는 예술가 중 레오나르도 다빈치라는 사람이 있습니다. 그의 그림으로 알려진 유명한 최후의 만찬을 직접 보게 될 기회가 있었습니다. 이 작품이 그려진 수도원 성당은 제2차 세계대전 당시 연합군의 폭격으로 무너졌는데 최후의 만찬이 그려져 있는 벽만 남아서 그걸 다시 이어 붙였다고 합니다.

그가 그림을 그릴 때 가장 집중해서 그린 것이 포도주 잔이었다고 합니다. 왜냐하면 예수님이 마시는 마지막 포도주이기 때문입니다. 그 잔을 멋있게 표현해야 되겠다 하고 예수님이 든 포도주 잔을 기가 막히게 그렸다고 합니다.

전 세계에서 얼마나 많은 사람들이 다빈치의 이 유명한 작품을 보러 왔겠습니까. 다시 보니 예수님이 들고 있는 포도주 잔이 너무나 멋있는 겁니다. 그래서 많은 사람들이 그 포도주 잔을 보러 왔다고 합니다. 어느 날 이 사실을 알게 된 다빈치는 포도주 잔을 지워 버렸습니다.

그리고 아주 초라한 잔을 그려 넣었습니다. 멋지고 화려한 잔을 지우고 초라하게 잔을 그린 다음부터 예수님이 보이기 시작한 겁니다. 진짜인지 아닌지 알 도리가 없는 짧은 예화지만 그 의미는 결코 짧지 않게 남아있습니다.

껍데기가 화려하면 알맹이가 보이지 않습니다. 겉을 화려하게 꾸미고 말을 화려하게 하면 그 사람의 진심을 볼 수가 없습니다. 자꾸 자신의 겉모습을 화려하게 꾸미려고 노력합니다. 배우지 않은 사람이 배운 척을 하고 없는 사람이 있는 척을 합니다. 못난 사람이 잘난 척을 하고 모르는 사람이 아는 척을 합니다. 자꾸 외형을 꾸미는 데 치중하려고 합니다. 보여지는 것에 목숨을 겁니다.

우리는 왜 이렇게 보이는 것에 집중하고 외형을 꾸미는 데 치중할까요? 그것은 외형을 꾸미는 것이 빠르고 효과 있기 때문입니다. 좋은 차,

좋은 집, 좋은 옷, 명품으로 치장하면 그 사람도 명품인 줄 착각하는 사람들이 많기에 이런 현상이 가중되는 것 같습니다. 그러나 보이지 않는 마음을 꾸미는 것은 표가 나지도 않고 힘든 일입니다. 보이지 않는 것이 보이기까지는 시간도 오래 걸립니다. 시간이 오래 걸리지만 시간이 지나야만, 시간이 지날수록 드러나는 것이 있습니다.

레오나르도 다빈치의 최후의 만찬에서 우리가 진짜 봐야 할 것은 예수님이 들고 있던 화려한 포도주 잔이 아니었습니다. 우리가 우리 인생을 바라볼 때, 진짜 봐야 할 것에 대해 생각하게 합니다. 나는 나를 가리기 위해서 혹은 드러내기 위해서 어떤 포도주 잔을 들고 있는지 말입니다.

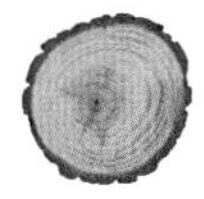

07

잠깐 왔다가는 행복

가끔 주변 사람들에게 뜬금없는 질문을 던지곤 합니다. 평소에 갑자기 떠오르는 생각이 있으면 바로 메모를 해둡니다. 그것을 두고 혼자 사색을 하기도 하고 사람들에게 묻기도 합니다. 아마 저 말고도 누구나 이런 질문을 해본 적이 있을 겁니다.

"공부는 왜 하며 돈은 왜 벌까? 신은 왜 믿을까?"

"잘 살려고 하는 거지."

"잘 사는 것이 뭘까?

"잘 사는 게 뭐긴……. 행복하게 사는 거지"

"돈은 왜 벌까?"

"원하는 걸 살 수 있잖아."

"뭘 사고 싶은데?"

"좋은 집, 좋은 차, 좋은 곳으로 여행 가고……."

"좋은 집, 좋은 차, 좋은 곳으로 여행 가면 마냥 좋을까?"

"하고 싶은 걸 다 할 수 있잖아. 돈 없으면 아무것도 못하잖아. 하고 싶은 걸 하면 행복하니까 돈을 버는 거지."

"왜 교회에 가는 걸까?"

"천국 가려고 가는 거지."

"천국에 왜 가고 싶어?"

"가면 행복하잖아."

당연한 걸 묻는다는 듯 저를 쳐다봅니다. 행복하게 살고 싶어서 공부하고 돈을 벌고 종교를 가진다고 합니다. 세상 누구도 불행하기를 원하는 사람은 없을 것입니다. 저도 행복하게 살고 싶습니다. 그런데 아직 진정한 행복이 무엇인지 잘 모르겠습니다. 어떻게 해야 행복해지는 건지도 잘 모르겠습니다. 큰돈을 벌고 좋은 직장에 다니면 행복할지도 의문입니다.

큰 기업을 잘 운영하시는 분들도 얘기를 들어보면 너무 힘들다고 합니다. 돈이 있으나 없으나 밥 세끼 먹는 것은 똑같은데 왜 이 짓을 하는지 모르겠다고 합니다. 영업, 매장, 매출관리, 위기관리, 인사노무관리, 신경 써야 할 것이 끝이 없다고 합니다. 밤에 잠을 설치기 일쑤이고 노심초사 어디에서 문제가 터질까 봐 전전긍긍한다고 합니다.

여행을 가서도 마음 편히 쉬지를 못하고 늘 업무 관련 연락으로 핸드폰을 쥐고 산다고 합니다. 공부 잘 하는 학생들에게 행복하냐고 물어보면 아니라고 대답합니다. 조금도 주저함이 없습니다. 권력을 가진 현역 국회의원과 시의원에게도 물었습니다.

"정치하니 행복합니까?"

"내 얼굴 보세요. 행복해 보입니까?"

"그런데 왜 하십니까?"

"나도 모르겠습니다. 어쩌다 보니 이 길을 걷고 있습니다."

돈 많은 부자라고, 공부 잘하는 우등생이라고, 건강하다고, 혹은 성공했다고 전부 다 행복한 것은 아니었습니다. 저는 그들에 비하면 겉보기에 초라한 삶을 살아왔습니다. 가난했고 공부도 못했지만 불행하다고 느껴본 적이 없습니다. 사고가 나서 홀로 병원에 입원 했어도 그것이 불행이라고 느끼지 않았습니다. 남들보다 더 많이 가지지 못해서 불행한 적도 없었고 남들보다 무언가 더 나아서 행복하지도 않았습니다.

반대로 보면 어떨까 생각도 해봤습니다. 돈이 없던 사람이 돈을 벌면 행복해질까? 공부를 못하던 학생이 공부를 잘하면 행복해질까? 병원 신세를 지고 살던 환자가 완쾌되어 퇴원하면 그 인생이 행복해질까? 물론 원하는 것을 얻는 순간은 기쁩니다. 기쁜 것이 행복이라면 그 행복은 순간일 겁니다. 돈이 없다가 돈을 벌면 그때 잠시는 행복합니다. 공부 못하다가 시험을 잘 보면 그때 잠깐 행복할 뿐이고 다음 시험을 걱정해야 합니다. 아파서 입원해 있을 때는 병만 나으면 더 바랄 것이 없겠다고 합니다. 막상 완치되어 퇴원하면 행복할 것 같은데 그 순간뿐입니다.

배고파서 죽을 것 같을 때 뭐라도 먹으면 행복할 것 같습니다. 배가 채워지는 순간 행복은 달아납니다. 그 행복이 언제 왔다가 언제 달아나는지 모릅니다. 한 수저씩 입으로 밥이 들어갈 때마다 행복하지만, 한 수저씩 서서히 뱃속으로 들어가 배가 부르면서 동시에 언제 달아났는지도 모르게 행복이 가고 있습니다.

내가 원하는 것을 성취하는 데는 힘들고 많은 시간이 소요됩니다. 원하는 것을 가지면 그 순간만 기쁘고 금세 달아나버립니다. 찾고 찾던 원하는 디자인의 옷을 샀을 때를 기억해 보세요. 옷을 사고 얼마 안 지나 기쁨은 달아납니다. 좀 더 지나면 어디에 처박혀 있는지도 잘 모릅니다. 그런데 재미있는 것은 기쁨과 반대로 고통은 오래 간다는 겁니다. 상처는 깊숙이 남아 잘 지워지지 않습니다. 우리의 뇌가 긍정적인 것 보다는 부정적인 것에 더 잘 반응하기 때문입니다. 칭찬은 오래 기억되지 않지만 비난은 가슴에 박힙니다. 때로는 영원히 박혀 지워지지 않습니다.

숙고의 시간을 가지며 어떻게 해야 찰나로 지나가는 행복을 오래 잡아놓을 수 있는지 고민했습니다. 결론은 과정입니다. 과정이 행복해야 합니다. 월급봉투를 받는 순간보다 일하는 것을 즐길 줄 알아야 합니다. 힘들게 공부하지만 하나라도 더 알아가는 기쁨에 초점을 맞추어야 합니다.

건강하기 위해서 노력하는 과정을 즐기며 자신의 몸이 조금씩 변화하는 것에 집중해야 합니다. 등산은 많은 체력과 시간이 소요되지만 정상에 올라가서 누리는 기쁨은 너무나 짧습니다. 산에 올라가는 과정에서 만날 수 있는 것들을 즐긴다면 행복은 오래 갈 것입니다.

대다수의 사람들이 목표에 집중합니다. 목표에 집중하는 만큼 빨리 목표를 달성하기도 합니다. 하지만 목표점을 향해 달리는 것보다 중요한 것이 있습니다. '이번에 승진하면 가족여행 가자', '자격증을 딸 때까지 애들과 놀아줄 시간은 없다', '돈 벌면 그때 제대로 효도해야지' 하며 모든 것을 다해놓고 즐기려는 사람들이 있습니다.

모든 것을 다 갖추어 놓고 결혼하려면 너무나 힘든 것입니다. 둘이서 맞벌이하면서 한 가지씩 살림살이 마련하는 것을 즐거움으로 느끼면 때를 놓치지 않고 결혼하고 행복도 오래 갑니다. '어느 정도 돈 벌고 나서 해외여행 가야지' 하지만 쉽지 않은 일입니다. 그 어느 정도라는 것도 시간이 지나면 목표 액수가 바뀝니다.

생각처럼 돈이 쉽게 벌리지도 않습니다. 세상 살면서 아무리 좋은 계획을 그럴싸하게 세워놓아도 수만 가지 변수들이 생깁니다. 이때 되면 뭘 해야지 계획하고 준비해도 그때가 되면 또 다른 일이 생깁니다. 그냥 질러버리고 여행을 떠나야 합니다. 생각해 둔 것을 이루고 나면 이미 다 늙고 힘 빠져서 맛난 것을 먹어도 소화가 안 되고 몸이 힘들어서 여행도 못갑니다. 좋은 세월 다 지나간 것입니다.

산을 타는 것도 젊어서 가야지 나이 먹으면 좋은 산도 오르지 못합니다. 목표만 바라보고 정진하면 주변을 둘러볼 겨를이 없습니다. 목표를 가지되 과정에서 행복해야 합니다. 손 뻗으면 닿을만한 거리에 행복거리와 기쁨거리가 있어도 지나쳐버립니다.

행복을 크다 작다 정의할 수 없습니다. 어떤 것이 큰 행복이고 어떤 것이 작은 행복인지 알 수 없습니다. 큰 것만 바라면 작은 것을 얻지 못하고, 작은 것을 얻지 못하면 큰 것도 얻지 못합니다. 산을 오르는 데도 그때그때 자신의 상황과 처지에 맞게 오를만한 적당한 산을 올라야 합니다. 욕심 때문에 혹은 자만 때문에 현재 체력이 감당하지 못할 큰 산을 오르려고 하면 중도에 포기하거나 다치기 십상입니다.

작은 일 한다고 작은 행복이 오는 것이 아니고 큰일을 한다고 큰 행복이 오는 것이 아닙니다. 크면 큰 대로 작으면 작은 대로 나름의 행복은 오게 되어 있습니다.

힘들고 고통스러운 과정 없이 행복은 그냥 오지 않습니다. 행복은 동전의 양면처럼 고통과 항상 같이 붙어 다닙니다. 행복만 얻을 수 없으며 고통만 있는 것도 아닙니다. 운동도 먹는 것에도 고통이 수반됩니다. 운동이 좋다고 하지만 운동이 때로는 노동보다 더 힘듭니다.

복근에 '왕王'자를 새기는 것이 쉬울 것 같지만 5천만 인구 중에 몇 명이나 될까요. '왕王'자를 새기기도 힘들지만 그것을 유지하는 것도 만만치 않습니다.

맛있는 밥을 먹으려면 맛집을 찾아야 하고 먼 길까지 가는 수고를 해야 합니다. 복날이 되어 삼계탕을 먹으러 가면 몸보신하는 데도 땀을 흘리면서 먹어야 합니다. 산을 오르면 산을 오르는 과정 속에서 행복과 고통이 같이 옵니다. 행복만 따로 떼어 낼 수 없습니다.

주변을 돌아보세요. 인생이 즐겁고 행복하다며 웃고 사는 사람이 몇 명이나 있습니까? 내 인생 백 년 산다고 했을 때, 지금까지 살아온 날 중 행복해서 웃고 살았던 시간이 얼마나 될까요? 행복과 불행은 늘 붙어있습니다. 어디에 초점을 두느냐에 따라 하루의 표정이 달라지는 겁니다. 내가 사는 과정 속에서 행복을 찾고 힘든 것 또한 과정 중에 얻어가는 행복으로 삼아야 당신 곁에 행복이 오래 머무릅니다.

제가 70년 가까이 살면서 '살기 좋다'는 사람들의 말은 들어본 적이 별로 없습니다. 항상 힘들다거나 늘 어렵다고 하는 뉴스뿐이었습니다. 직장도 사업도 인간관계도 마찬가지일 것입니다. 설령 어려운 일이 생기고 실수하고 실패했다고 하더라도 미워할 수 없는 나의 인생입니다. 내가 사랑해야 할 나의 인생입니다.

행복이 무엇인지 어떻게 얻어야 하는지 저는 정답을 찾지 못했습니다. 마냥 신나고 즐거운 행복한 인생을 살지 못했지만 저는 저를 사랑합니다. 그래도 과정 중에 나름의 즐거움을 찾아가니 늘 감사할 따름입니다.

행복은 로또에 당첨되듯이 찾아오지 않습니다. 제가 아는 분명한 하나는 작은 행복이든 큰 행복이든 오래가지 못하고 찰나로 끝나버린다는 것입니다. 순간에 훅 지나가 버리기에 저는 순간을 잡고 여러 가지 행복거리로 만듭니다. 그 순간이 모여 하루가 행복해집니다.

코미디 하시는 분에게 물어봤습니다.

"항상 우리에게 웃음을 주시니 본인은 정말 즐겁고 행복하겠습니다."

"남에게 웃음을 주는 일이 직업입니다. 사는 게 어디 웃음뿐이겠습니까? 힘든 일 있어도 티를 못 내는 것이 우리 일입니다. 보시는 것처럼 그렇지 않습니다. 남 보기에 즐겁게 보이는 것입니다. 그저 관객들이 웃어주고 즐거워할 때 보람과 행복을 느낍니다."

받는 기쁨보다 상대에게 주는 기쁨을 아는 사람은 진정한 행복을 아는 사람입니다. 내가 행복한 것은 순간 달아나버리고 말지만 상대를 기쁘게 해주면 나를 오래 기억합니다. 혼자 맛있는 밥을 먹는 것도 좋지만 가까운 사람과 식사를 함께하면 기쁨이 오래갑니다. 식사자리의 기쁨은 나도 기억으로 남고 그도 기억으로 남습니다. 식사를 하면서 나눈 이야기를 기억하고, 대화를 나누다가 웃은 것을 기억하고, 그날의 날씨와 장소와 기분을 기억하게 됩니다. 작은 행위이지만 이것은 자신의 영역이 확장됨과 동시에 행복을 나누는 것입니다.

원하는 것을 얻으면 행복할 것 같지만 얻는 순간 행복이 달아납니다. 자식을 키우는 과정에서 행복을 찾아야지 다 키워놓고 행복을 찾으려 한다면 다 큰 자식은 순간 떠나버립니다. 가장 큰 행복은 자식을 키우는 과정에서 다 얻은 것이고 자식이 크면 그것으로도 행복한 겁니다. 원하는 것을 얻기 위해 땀 흘리며 힘들고 고통스러운 모든 과정에서 행복을 찾는다면 인생 전체가 행복해질 거라 믿습니다.

행복도 나누면 더 커집니다. 저는 종종 점심시간에 젊은이들과 족구를 합니다. 남자들은 내기가 걸려있는 경기를 좋아하기에 아이스크림을 걸고 내기를 합니다. 여자들은 차라리 그 시간에 쉬는 게 더 좋지, 애들도 아니고 뜨거운 땡볕에서 족구하는 것을 이해하기 힘들다고 합니다.

그날도 오뉴월의 땡볕에서 뻘뻘 땀 흘리며 여럿이 족구를 하고 있었습니다. 경기는 져도 그만 이겨도 그만이지만 천 원짜리 아이스크림에 다 큰 남자들이 정신없이 이리 뛰고 저리 뜁니다. 한참 족구에 정신이 팔려 있는데 제가 아는 기업의 회장님이 찾아오셨습니다. 족구장을 나와서 인사드리고 사무실에서 차를 한잔 내어드렸습니다. 자리에 앉으시자마자 한마디 하십니다.

"참 건강해 보이네, 정말 행복해 보입니다."

남부럽지 않게 사시는 분께서 그런 말을 하시니 의아했습니다.

"회장님은 행복하지 않으세요?"

"죽겠어. 그놈의 프로젝트 때문에……. 민원 문제, 허가 문제, 정책 문제, 돈 문제, 아이고……. 말도 마시게. 내가 이 짓을 왜 시작했나 싶어요."

"조 단위로 움직이는 프로젝트이니 얼마나 머리 아프시겠습니까? 회장님 그것 안 해도 사시는 거 지장 없으신데 뭐하러 시작하셨어요?"

"그러게 말입니다. 이제 멈추지 못해. 이미 호랑이 등에 올라탔습니다."

"남은 여생 편히 사실 수 있으신데……. 그동안 크게 하셨으니 이제 좀 쉬세요."

"그러게 말입니다. 그런데 마음대로 되는 게 아닙니다. 이제 나도 지쳤습니다."

큰 기업의 회장님이 부족한 것이 무엇이 있겠습니까. 그런 분이 남자들끼리 족구하는 모습을 보시며 행복해 보인다는 말을 합니다. 자동차가 100대 있어도 나갈 때는 1대만을 타고 나갈 수밖에 없습니다. 옷이 아무리 많아도 나갈 때는 신사복 두 벌을 입지 못합니다. 하루에 10끼 먹지 못하는 겁니다. 죽는 날에는 단 1원도 가져가지 못합니다. 그리도 많이 가지신 분께서 족구하는 것을 행복이라 하시니 행복은 멀리 있는 것이 아닌 것 같습니다.

08

포장지는 결국 쓰레기통으로

주차를 하고 집으로 향합니다. 몇 걸음 걷지도 않았는데 제 발소리를 알아들은 니모가 짖는 소리가 들립니다. 니모는 제가 키우는 개입니다. 이 녀석을 데려온 지 5년 정도 된 것 같습니다. 주인이 왔다고 반가워서 짖습니다. 어느 때는 배가 고파서 짖기도 하고 어느 때는 놀아 달라고 짖기도 합니다. 산책을 시키고 있을 때 다른 개를 만나면 짖어댑니다. 개가 낯선 대상을 만났을 때 짖는 것은 무서워서 짖는 거라고 합니다. 제 생각에는 무서우니까 주인을 부르느라 짖는 게 아닌가 싶습니다. 동종을 만나 자신을 과시하려는 경쟁의식 때문인지도 모르겠습니다.

개를 보면서 인간의 본성과 비슷한 점을 가끔 발견하곤 합니다. 인간은 만물의 영장이지만 본래 동물적 속성을 가지고 있으니까요. 자신의 힘을 드러내고 으스대는 사람들을 보면 개가 떠오릅니다. 개가 짖듯이 자기 뒤에는 힘 있는 사람들이 있다는 것을 과시하려고 합니다.

세상이 발전할수록 자신을 드러낼 수 있는 방법이 세련되어지고 표현 수단도 다양해지는 것 같습니다. 80년대 90년대 때의 사람들은 자신을 드러낼 수 있는 수단이 그리 많지 않았습니다. 그래서인지 어느 정도 부를 가진 사람들은 외제 차를 구입하거나 큰 집으로 이사했습니다. 그 시절 친구들과 모이면 차를 샀다고 자랑질을 하던 녀석들이 하나둘 꼭 있었습니다. 친구 녀석이 이번에 차를 바꾸었다고 보여주고 싶다고 합니다. 늦은 시간에 모임이 끝나 다들 피곤한데 그 녀석은 차를 보여주기 전까지는 집에 가지 않을 기세였습니다.

"보여줄 사람이 없나 보다."

"그래. 우리라도 봐주자."

"죽은 사람 소원도 들어준다는데 친구 소원 한번 못 들어주겠냐."

우리는 투덜대면서도 친구의 자존심에 맞장구쳐 주자는 심산으로 다 같이 차를 보러 갔습니다. 날도 더운 한여름에 친구 차를 보러 한 블록이나 떨어진 주차장까지 가야 했습니다. 인간이 가진 기본적인 심리는 비슷한 것 같습니다. 누구나 자신을 드러내고 싶은 욕구가 어느 정도 있는 것이지요. 남자들은 '내가 누구를 안다'하며 높은 사람이나 유명한 사람을 언급합니다. 혹은 예전에 내가 무엇을 했다, 군대에서 이렇게 했다, 학교 다닐 때 이랬다는 식의 영웅담을 풀어놓기도 합니다.

가볍게 재미 삼아 소설처럼 이야기하는 사람도 있습니다. 원래 이야기에 살이 덧붙여지고 조금 더 과장을 하면서 시간이 지날 때마다 이야기가 바뀌는 사람도 있습니다. 뻔한 거짓말이 눈에 보여도 귀엽게 봐줄만 합니다. 억지스럽게 우겨대도 애교로 봐주면서 재미있게 들어줍니다. 여자들도 그런 경향이 있어서 비싼 명품을 사거나 성형수술을 하기도 합니다. 사람들은 각자 자기를 과시하기 위해서 고급 차나 특별한 명품을 선호하기도 하고 외모나 학벌, 인맥, 돈으로 나타내기도 합니다.

누구에게나 있는 공통적인 습성이지만 그것이 과하고 지나치면 눈에 거슬리기도 합니다. 대개 사람들과 사납게 다투는 사람들 마음이 많이 약합니다. 화려한 겉모습을 추구할수록 가슴이 허한 사람들이 많습니다. 과장하고 부풀리기를 좋아하는 사람들은 실제 가진 것이 없는 법입니다. 제 경험으로는 정말 돈이 많은 사람은 많은 척을 안 합니다. 여기저기 주변에서 돈을 빌려달라고 하기 때문입니다. 많이 배운 사람이나 무언가 잘 할 줄 아는 사람들도 티를 내지 않습니다. 자신이 부족해서 더 많이 배워야 한다고 생각하기 때문입니다. 그런 사람들은 공기처럼 조용하게 있습니다. 강한 사람들은 표를 내지 않습니다.

떠오르는 사연이 하나 있습니다. 친구 중의 하나는 어려서 구두닦이를 하다가 군대에 갔습니다. 구두 닦을 줄 아는 사람 나와 보라고 하는데 안 나갔답니다. 그런데 어떤 사람이 구두를 잘 닦는다고 손을 들었답니다. 막사에서 구두만 닦으면서 편하게 군 생활을 할 줄 알았던 모양입니다. 결국 근무는 근무대로 다 하고 쉬는 시간에는 쉬지도 못하고 죽으라고 구두를 닦았다고 합니다. 그렇게 잘난 척하다가 군 생활을 망쳤다는 이야기를 전해 들었습니다.

회식을 해보면 금방 드러납니다. 계산 할 때가 되면 신발 끈부터 묶는 사람이 있습니다. 입으로는 건물을 몇 개씩 세웠다 허물었다 하는데 신발 끈 하나 묶는 것에 한세월 다 보냅니다. 언제 끈을 다 묶으려나 쳐다보고 있으면 마지막 사람까지 문을 나서고야 일어납니다. 또 어떤 친구는 언제 계산을 했는지도 모르게 미리 계산을 하고 갑니다.

스스로 자신이 있는 사람은 속이 깊고 항상 조용하며 신중하게 행동합니다. 속이 깊은 사람은 반응이 빠르지 않고 목소리가 높아지지 않습니다. 우물을 파 보면 얕은 곳에서 나오는 물은 대개 오염된 물입니다. 깊은 곳에서 나오는 물이 맑고 깨끗합니다. 그와 같이 비싼 보석은 땅속 깊이 들어가 있습니다.

예나 지금이나 겉으로 드러나지 못해서 애쓰는 사람들이 많이 있습니다. 발버둥치고 애써서 높고 화려한 지위에 올라가려는 사람들이 많습니다. 자신을 위해 시간을 투자해 발전하려는 사람들을 비하하려는 것이 아닙니다. 지위와 명예가 주는 화려함에 치중하고 남에게 보여주기 위해 사는 사람들은 겉모습만큼 속이 채워져 있지 않은 경우가 많다는 것입니다. 그것이 문제입니다.

살아있다는 것만큼 중요한 게 또 없습니다. 하지만 어떻게 사느냐가 더 중요합니다. 어떤 지위를 가지고 뽐내며 사느냐보다 어떤 내면의 모습으로 살아가느냐가 중요합니다. 속에 담긴 것은 결국 밖으로 드러나기 마련입니다. 내 마음그릇에 담긴 것은 어떻게든 우러납니다. 무엇을 채워 넣었느냐에 따라서 겉으로 드러나는 모습이 다릅니다. 속이 깊지 않은 사람들은 자기가 한 것을 타인에게 빨리 알리고 싶어 안달이 납니다.

보여지는 것에만 치중하면서 살아온 사람들은 항상 속이 비어 있습니다. 무엇인가 채우려고 권력과 이익에 따라 철새처럼 왔다 갔다 합니다. 어떤 생각을 가지고 어떻게 살아왔는지 자신에 대한 성찰이나 자존감도 없습니다. 이런 사람들 때문에 세상이 돌아가는 줄 알지만 그렇지 않습니다. 만약 신이 100명을 뽑아서 이 지구상에 너희들에게 필요한 것을 내가 주겠다 하면 99명은 돈과 명예, 권력을 달라고 할지 모릅니다. 그중에 누군가가 물과 공기를 달라고 한다면 정신 나간 사람이라고 할 것입니다. 그러나 이런 정신 나간 사람들 때문에 세상이 돌아갑니다.

돈과 명예, 권력을 누가 싫어하겠습니까만 이런 것은 개인을 위한 것입니다. 그러나 공기, 물 같은 것은 모두를 위한 것입니다. 공기와 물처럼 조용하게 보이지 않는 곳에서 자기 역할을 하면서 살아가는 분들 덕분에 우리가 사는 것입니다.

결혼할 때도 겉모습이 화려하다고 고르면 인생이 고달파집니다. 화려하게 겉치레 좋아하고 말만 번지르르하고 호화로운 이벤트 좋아하면 나라도 종교도 사회도 가정도 개인도 망합니다. 사람을 겉만 보고 판단할 것이 아니라 속에 무엇이 담겼는지 파악해야 합니다. 가끔 생일이나 명절이 되면 선물을 받게 됩니다. 어떤 선물은 화려하고 아름답게 포장이 되어있습니다. 뜯어보기 민망할 정도로 정성과 시간을 들인 것이 한 눈에 들어옵니다. 그런데 막상 뜯어보면 실제 알맹이는 별것 아닙니다. 제가 그때 느끼는 감정은 허무함입니다.

뜯어보면 뜯어볼수록 진가가 드러나야 되겠다는 생각이 들었습니다. 막상 가까워져 보니 '그 사람 별거 없더라.' 하면 참 허무한 인생일 겁니다. 아마 선물한 내용물보다 포장비가 더 많이 들었을 것 같습니다. 포장이 아무리 보기에 아름답고 현란해도 포장지는 결국 쓰레기통으로 들어갑니다. 그처럼 사람도 쓰레기통에 버려질지 모를 일입니다.

09

감사하는 만큼 풍요로운 삶

오래전 일이긴 하지만 저에게 못된 기준이 하나 있었습니다. 하나님을 믿으면서도 식사를 할 때 식사기도를 잘 안 했습니다. 항상 안 한 것은 아니지만 제 나름의 기준이 있었습니다. 보통 밥값이 1,500원 정도 할 때였습니다. 괜찮은 밥은 2,000원 정도 했습니다. 부끄러운 고백이지만 밥값이 3,000원이 넘지 않으면 기도를 안 했습니다. 속으로 '싸구려 밥 먹으면서 내가 감사할 게 뭐가 있냐.' 했습니다. 그래서 그냥 먹었습니다. 아마 하나님이 보시고 웃기는 놈이라고 하셨을 것입니다. 젊은 혈기에 그랬다지만 제가 생각해봐도 웃기는 놈인 것 같습니다.

나이를 먹어가며 감사에 눈을 떠갑니다. 매일 아침에 눈을 뜨는 것이 신기하고도 감사합니다. 재미있고 기분 좋게 하루를 살아갈 생각에 묘한 설렘과 흥분이 찾아옵니다. 오고 가며 사람들과 하는 인사에도 유쾌한 힘이 실립니다. 하루 일을 마치고 자리에 누울 때면 평안함과 고요가 몰려옵니다. 여기저기 몸이 아파 삐거덕대기는 하지만 아직 사지 멀쩡히 돌아다니니 진정 감사하다는 생각이 듭니다. 아마 하나님이 지금의 저를 보시고는 '철 들어가네. 천만다행이네.' 하실 것 같습니다.

늦은 나이에 글을 쓰는 재미를 찾아 삶을 반추할 기회가 생기니 감사합니다. 가족들이 건강하게 지내고 있으니 감사합니다. 명절이라고 찾아와 인사하는 사람이 있으니 헛살지 않은 것 같아 감사합니다. 해가 뜨고 달이 뜨니 감사하고 비가 오고 눈이 오니 감사합니다. 미리 하나님을 좀 알아드렸으면 얼마나 좋았을까 싶습니다. 지구 땅덩이 만드시고 나를 만들어 이제껏 키우시느라 고생하셨을 텐데 말입니다. 젊어서부터 하나님께 감사의 안부를 지금처럼 했으면 좋았겠다 싶습니다.

알아주는 만큼 감사거리가 늘어나는 듯합니다. 서로 알아주는 것만큼 좋은 것이 없습니다. '오늘 얼마나 고생하셨습니까?' 이 한마디에 마음이 녹고 피로가 가십니다. 관계가 불편하면 삶도 불편해집니다.

지인들에게도 가끔 하는 말이 있습니다. '뭔가 불평하려면 먼저 무엇을 해주었나 생각해봐라.'입니다. 그렇게 생각해보면 사실 고마워할 것밖에 없습니다. 우리의 생존에 필요한 대부분은 값없이 거저 얻은 것이 많습니다. 기본적인 자료들은 다 받은 셈인 거죠. 바다에 나가 고기를 잡는 수고는 하지만 물도 수온도 미생물도 물고기도 우리가 직접 만들지 않은 것들입니다. 농사일을 하는 수고는 하지만 햇빛도 땅도 구름도 비도 우리에게 그저 주어진 것입니다.

부모가 해준 것이 뭐가 있나 불평하려면 부모에게 무엇을 해드렸나 생각해 볼 일입니다. 낳아서 지금의 모습으로 키워준 것만으로도 감사한 것입니다. 불평하기는 쉽지만 감사하기는 어렵습니다. 오해하기는 쉽지만 이해하기는 어렵습니다. 서로 알아줍시다. '무엇을 잘했다', '못했다' 가릴 것이 없으며 '작다', '크다' 나눌 것이 없습니다. 작으면 작은 대로 감사한 것이고 크면 큰 대로 감사한 것입니다.

언젠가 인터넷에서 봤던 이야기입니다.

어떤 왕이 하루는 너무도 음식의 맛이 좋아서 주방장을 불렀습니다. "이 사람아, 어떻게 하면 그렇게 솜씨가 좋은가? 이렇게 맛있는 음식을 어떻게 준비를 했지?" "아닙니다. 오늘 가게 주인이 신선하고 좋은 재료를 제공해 주어서 음식이 맛이 있었습니다. 제가 잘한 것이 아닙니다." 왕은 가게 주인을 불렀습니다. 그리고 어떻게 그렇게 좋은 물건을 팔았느냐고 물었습니다. "저는 장사꾼입니다. 농사 지은 것을 가져다가 파는 것이지 내 공로가 아닙니다." 왕은 농부를 데려다가 물었습니다. 어떻게 그렇게 농사를 잘 지었느냐고. 어디에서 그런 기술이 났냐고. 그랬더니 농부는 이렇게 대답했습니다. "아닙니다. 저는 잘한 것이 아무것도 없습니다. 하나님께서 햇빛 주시고, 단비 주시고, 적당한 기후 주시고, 내게 건강 주시고, 만 가지 은혜를 주셔서 거둔 것입니다. 저는 농부입니다. 저는 아무 공로가 없습니다."

내가 한 것보다 항상 많이 받고 있습니다. 눈 뜨고 보고 알아줘야 할 것들이 넘쳐납니다. 감사하다 보니 감사거리가 점점 늘어갑니다. 감사거리가 늘어가니 마음도 넉넉히 늘어갑니다. 감사하다 보니 매일 기적을 봅니다. 이렇게 살아있으니 이보다 더 큰 기적이 어디 있겠습니까.

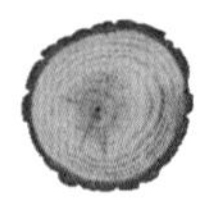

10

향기가 만드는 길

길옆으로 잔잔히 피어있는 작은 꽃들이 시선을 사로잡습니다. 살랑대는 바람결에 움직이는 꽃들이 눈부신 햇살을 받으며 춤을 추는 듯합니다. 가까이 다가가 사진을 찍으려 몸을 낮췄습니다. 진한 향기가 올라와 잠시 무아의 상태에 빠졌습니다. 무슨 꽃인지 이름도 알지 못하는 보잘것없는 작은 꽃에 취해 버렸습니다. 무수히 많은 꽃들이 있으나 서로 다른 향기를 가지고 있습니다. 겉은 화려하나 향이 없는 꽃도 있고 향은 있으나 그 향이 역겨운 꽃도 있습니다. 보잘것없는 꽃이 아름다운 향으로 감동을 주는 꽃도 있습니다. 사람이든 꽃이든 마찬가지입니다. 자연은 셀 수 없이 방대한 가르침을 가림막 없이 드러내 보여주고 있지만 우리네 인생들은 깨닫지 못하고 지나치기 십상입니다.

꽃에게 향기가 있다면 인간에게는 삶이 있습니다. 인간도 수수하지만 좋은 향기가 나는 삶이 있고 화려하지만 역한 향이 진동하는 삶이 있습니다. 그 향기는 사람의 수만큼이나 다양합니다. 향기가 멀리까지 진동하는 사람이 있는가 하면 바로 곁에 있으면서도 알아보기 힘든 사람이 있습니다. 있었는지도 모르게 아무런 흔적도 없이 사라지는 향기가 있는 반면 시대가 바뀌어도 오랜 시간 그 향기가 전승되는 사람이 있습니다.

얼마 전 비행기 안에서 고위직의 승객이 승무원을 폭행한 뉴스를 보면서 마음이 무거웠습니다. 화려한 스펙보다 인간다운 향기가 그리워지는 요즘입니다. 사는 형편은 좋아지고 있으나 인심은 각박해져 가는 듯합니다. 형편이 좋아지면 인심도 좋아져 살맛이 나야 하는 데 말입니다. 그러고 보면 나라가 발전하고 경제가 좋아진다고 사람들의 수준이 올라가고 행복해지는 것도 아닌 것 같습니다. 온갖 기술이 최첨단을 달리는 시대인데 말입니다. 환경이 좋아지고 지표들이 올라갔다고 개개인의 삶의 격이 같이 올라가는 건 아닌 것 같습니다.

가까이 가고 싶은 사람이 있고 멀리하고 싶은 사람이 있기 마련입니다. 왜 가까이 가고 싶습니까? 단순합니다. 좋으니까 가까이 가고 싶은 겁니다. 무엇이 좋은 것이겠습니까? 마음 때문입니다. 그 사람이 풍기는 마음의 향기 때문입니다. 저는 5살 정도가 지나면 사람은 거의 본능적으로 상대의 진심을 느낄 수 있다고 생각합니다.

정확하게 표현하고 왜 그러한지 구체적으로 설명은 할 수 없을지언정 거짓인지 진심인지 정도는 알 수 있습니다. 정을 느끼는 겁니다. 이것이 사람의 향기입니다. 따스한 사람에게서 느껴지는 온기는 즐거움과 행복감을 더해줍니다. 그래서 꽃에 벌과 나비가 찾아오듯 그 사람에게 모여듭니다. 아름다운 꽃이 있는 곳에는 굳이 누군가 길을 내지 않아도 길이 생깁니다. 사람들이 자주 찾게 되면서 자연스레 길이 만들어지는 법이니까요. 볼 것이 없는 곳에는 잡초만 무성합니다. 벌레들이 다니고 거미줄이 처져 있어도 신경 쓰지 않습니다.

사람들이 맛있는 것이나 좋은 것들을 찾아 모여드는 것을 보세요. 입소문이 나면 맛집에 들어가려고 멀리서 찾아와 입구에서 본인의 이름을 써놓고 2시간 3시간을 군말 않고 기다리지 않습니까. 이것은 인간 본연의 감성이 좋은 것을 보고 찾고 음미하고 싶어 하기 때문입니다. 누군가 강조하고 강요하지 않아도 자발적으로 찾아가게 하는 힘입니다.

저는 자주 걷습니다. 길을 따라 걷다 보면 그런 생각이 들곤 합니다. 인생길도 이와 같겠구나 하는 생각 말입니다. 하나의 일생을 보내며 이 세상에서 살아가는 그 행보 같습니다. 나에게로 오는 길이 있는가 궁금해집니다. 사람들이 당신에게 찾아오는 길이 있습니까? 길이 있다면, 그 길은 좁은 길입니까, 넓은 길입니까? 당신에게서 좋은 향기가 난다면 어떤 수고를 들여서라도 사람들은 당신에게 오게 됩니다. 좋은 향기이든 역겨운 향기이든, 사람도 결국 그 인성만큼의 향기를 뿜어냅니다.

현란하고 화려한 장치 없이 조용하고 깊은 향기로 먼저 말을 건네는 꽃처럼 살고 싶습니다. 그 향기로 길을 내어 소중한 인연들과 함께 걷고 싶습니다.

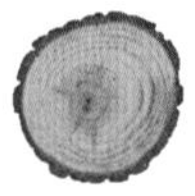

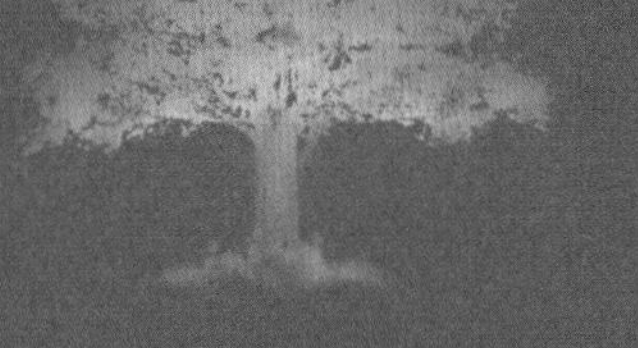

제2장

나무의 계절

11

이름 없는 자들이 만들어낸 승리

치기 어린 젊은 날, 제가 읽은 수많은 위인전 인물 중 단연 으뜸은 이순신 장군이었습니다.

나이가 들어 영화 명량을 관람할 기회가 있었습니다. 영화관에는 영화의 내용만큼이나 묵직한 기운이 맴돌았습니다. 관객들은 진지하면서도 숙연하게 앉아있었습니다. 영화는 첫 장면부터 밀도 있게 다가왔습니다.

누명을 쓰게 되고 고문을 당하다가 삼도수군통제사로 임명되었던 장면에서는 숨이 멎는 듯 했습니다. 지원을 제대로 받지 못하고 단 12척의 배만 남아있는 전쟁터에서 330척의 왜군을 만나야 했을 때의 모습은 지금 상상해도 다 헤아리기 어렵습니다. 소용돌이쳤을 그의 고뇌와 두려움 그리고 용기를 느껴가며 문득 이런 생각이 들었습니다. 저 처절한 상황 속에서 이순신 장군은 무엇을 믿었을까 하는 것이었습니다. 12척의 배 밖에 없는 그를 움직인 가장 큰 힘은 어디서 나온 것일까.

'두려움을 용기로 바꿀 수만 있다면 그 용기는 배가 될 것이다.'

많은 명대사 중에 가슴에 깊이 남은 이순신 장군의 한마디입니다. 감동을 넘어서는 말입니다. 장엄하면서도 정중한 말입니다. 울돌목에서 배가 침몰하려 할 때, 백성들이 나룻배를 타고 나와 밧줄로 이순신의 배를 끌어냅니다. 온몸에 힘을 실어 손에 피가 나도록 끌어당기고 소용돌이와 맞서기 위해 죽을힘을 다해 노를 젓는 백성들의 모습에서 이순신을 향한 마음을 읽었습니다.

이순신 장군이 누구를 믿었겠습니까. 임금을 믿었겠습니까, 좌의정 우의정 대신들을 믿었겠습니까. 아닙니다. 백성을 믿은 겁니다. 집이 불타고, 노략질 당하고, 아녀자들이 끌려가고, 가족이 죽임 당하는 것을 목격한 백성들을 믿은 것입니다. 삶이 무너지고 모든 것을 빼앗겼습니다. 극한의 고통 속에서 절박할 수밖에 없었던 그 무명의 백성들을 믿었습니다.

12척의 배에는 군사 훈련은커녕 제대로 먹지도 못한 백성들이 올라탔습니다. 농부, 어부, 일반 상인들이 배 밑바닥에서 노를 젓고 온갖 허드렛일을 도왔습니다. 전쟁의 기술도 능력도 갖추지 못한 그들이 보이지 않는 곳에서 죽을힘을 다해 함께 했기에 전쟁에서 승리할 수 있었습니다. 그들이 없었다면 거북선이 철갑으로 만들었다 한들 신무기를 장착했다 한들 소용없었을 것입니다. 공포에 질려 돌처럼 굳어있고 도망치기에 바빴을 백성들의 모습이 눈앞에 선연합니다. 장군은 그런 백성들에게 나라를 위해 싸울 수 있다고 믿게 하고, 나라를 지킬 수 있다는 자부심을 심어주었습니다. 백성들의 두려움을 용기로 바꿔냈고 그것은 그를 향한 존경과 진심으로 바뀝니다.

앞에 드러난 장군만 위대한 것이 아닙니다. 보이지 않는 곳에서 최선을 다한 그분들이 있기에 승리한 것입니다. 장군이 아무리 위대해도 결코 혼자서는 할 수 없었습니다. 그는 보잘것없고 하찮은 백성들을 중요하게 보고 그들을 믿었습니다. 그들과 함께 운명의 배에 올랐고 역사를 만들었습니다.

그 배에 올랐던 백성들이 지금의 현실에도 있습니다. 보이지 않는 곳에 있을 뿐입니다. 하찮아 보이는 일을 묵묵히 해내는 다수의 무명이 있습니다. 그들이 있기에 지금의 한국이라는 배도 이렇게 건재한 것입니다. 이순신 장군만큼이나 위대한 영웅으로 이름 없이 배의 노를 젓고 있습니다.

마지막 부분에 배 안에서 노를 젓던 이름 모를 백성이 이런 말을 합니다.

'나중에 후손들이 우리가 이렇게 개고생한 걸 알기나 할까?'

보이는 것은 어쩌면 작은 것입니다. 바람은 보이지 않아도 위력이 대단합니다. 자동차 엔진도 보이지 않습니다. 그러나 엔진이 자동차를 움직입니다. 보이지 않는 곳에서 맡은 일에 최선을 다하는 사람들, 나라가 시끄럽고 어지러워도 자신의 자리를 지키는 사람들, 그들이 없는 대한민국은 상상하기 힘듭니다. 우린 알아야만 합니다. 21세기를 살고 있는 현재도, 우리 사회 곳곳 보이지 않는 작은 곳에는 '이순신 장군과 함께했던 그들'이 있습니다.

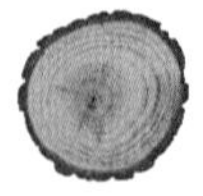

12

끝을 안다면

사랑.

'사랑'하면 떠오르는 것들이 있습니다. 저는 이별이 떠오릅니다. 제 주변의 짧은 탐문 조사로는 저처럼 사랑과 이별을 동시에 떠올리는 사람은 몇 안 되는 듯합니다. 사랑은 좋은 거지요. 그런데 이별이 있습니다. 연애할 때는 좋아서 죽고 못 산다던 사람들이 결혼하고 나면 못 잡아먹을 것처럼 안달하다가 헤어지곤 합니다. 결혼하면 천국이 펼쳐질 거라 기대하고 시작하겠지만 지옥처럼 사는 사람들이 있습니다. 어떤 이들은 지옥에서 벗어나지 못하고 사는 사람도 있고 지옥인 줄 모르고 그냥 사는 사람들도 있습니다. 물론 모든 결혼이 그렇지는 않습니다.

사랑에 빠진 사람들은 그 사랑이 영원할 거라고 느낍니다. 정확히 말하면 '이 사랑이 언제까지일 것이다'라는 생각을 안 하는 것 같습니다. 사랑에 빠져있으니 사랑이 계속될 것 같은 느낌인가 봅니다. 같은 사람인데도 애인에서 부부가 되는 순간 실망하는 것들이 생기기 시작합니다. 연애할 때는 천년만년 사랑할 것 같았는데 결혼하면 불화가 생기는 경우를 왕왕 봅니다.

제가 사랑 전문가는 아니지만 직접 겪어보고 또 주변을 보아오면서 깨달은 것이 하나 있습니다. 모든 것에는 끝이 존재한다는 겁니다. 그것이 사랑이든 사람이든 삶이든 유한함 속에 있습니다. 누구도 피해갈 수 없고 누구도 예외가 없습니다.

결혼하면 여자는 밥하고 빨래하는 주부가 되고 남자는 먹고 살 만큼 돈을 벌어다 주어야 하는 것이 정석처럼 굳어져 있던 시대가 있었습니다. 요즘은 식생활과 생활패턴이 많이 달라져 예전의 방식을 그대로 적용하기에는 무리가 있지만 바라는 것은 변하지 않은 듯합니다. 출근 전에 식사를 하고 싶은데 아내가 늦게 일어나면 왜 밥을 안 했는지 생각하게 됩니다. 우리 남편은 연봉 몇 천만원은 돼야 한다고 생각합니다. 이런 기준들이 생기는 것입니다. '내 남편은 이 정도는 벌어야지', '내 아내가 이 정도는 해줘야지' 이렇게 바라는 최소한의 한계선들이 생깁니다.

결혼했다고 달라진 게 없는데 결혼하고 나니 바라는 게 생긴 것입니다. 연애할 때 약속을 어기던 버릇이 있는 사람이 결혼했다고 고쳐지지 않습니다. 돈을 많이 못 벌던 사람이 결혼했다고 돈을 갑자기 많이 벌지 못합니다. 연애할 때 키가 작은 사람이 결혼했다고 키가 커지지 않으며 배우지 못한 사람이 갑자기 배운 사람으로 둔갑하지 못합니다. 그런데 이상하게 결혼만 하면 기대를 합니다. 연애할 때 안 보이던 단점이 보이기 시작합니다.

초등학생이 중학생이 된다고 달라지는 건 없습니다. 시간이 흘러 된 것이지 특별하게 무언가가 달라지는 것이 아닙니다. 어떤 사람이 국회의원이 됐다고 근본적으로 달라지지 않습니다. 성직자가 됐다고 갑자기 예전보다 인격이 향상되고 용서하는 마음이 커지는 것이 아닙니다. 같은 사람입니다. 같은 사람을 보는 우리 마음이 달라졌기에 달라 보이는 것뿐입니다.

삶이 있다면 죽음이 있습니다. 다시 말해 살아있는 사람만이 죽을 수 있습니다. 우리가 잘 느끼지 못할 뿐, 죽음은 우리와 늘 붙어있습니다. 삶과 죽음은 떨어져 있지 않습니다. 별개가 아닙니다. 낮과 밤처럼 그

경계에 함께 있습니다. 사랑 또한 그러합니다. 만남이 있다면 이별이 있습니다. 어떤 사랑도 죽음이라는 것이 있기에 결국은 이별할 수밖에 없습니다. 사랑도 유한하고 인간도 유한하고 만물은 모두 다 유한합니다.

'생자필멸生者必滅'

태어난 것은 언젠가는 필연적으로 죽게 되어있습니다. 인간은 태어나는 순간부터 죽음을 향해서 걸어가고 있습니다. 세상 이치이자 순리입니다. 태어남의 끝은 죽음이기 때문입니다. 그저 언제 어디서 어떻게 죽는가의 문제일 뿐입니다. 조금 먼저 가고 조금 늦게 가고의 차이일 뿐입니다. 사랑의 끝도 이별입니다. 언제 어디서 어떻게 헤어지는가의 차이입니다.

사랑이 솜사탕처럼 달콤하니 온통 핑크빛일 것이라 기대하고, 결혼하면 상대가 무한히 잘해줄 것이라고 믿었던 사람들은 결혼생활을 제대로 못합니다. 결혼은 생활을 같이하는 것입니다. 생활이라는 삶이지요. 삶을 살아간다는 것이 늘 달콤하지만은 않기 때문입니다. 때로 쓴잔을 마셔야 할 때도 있고 인내를 거쳐야 하는 시기도 옵니다. 의견이 맞지 않아 다투고 상처받는 날도 오고 책임감으로 버텨야 하는 때도 옵니다. 이상 세계인 연애와 현실 세계인 결혼의 그 간극을 극복하지 못하는 경우가 있습니다.

이별 없는 달콤하고 편안한 사랑만 누리려 하고 받으려고만 하니 힘들게 됩니다. 사랑하다가도 헤어질 수 있다는 것을 알아야 이별을 두려워할 수 있습니다. 그러기에 서로에게 더 조심하고 배려하며 진정한 사랑을 할 수 있습니다. 내가 사랑하는 사람을 놓칠 수 있겠다고 생각하는 것이 차원 높은 사랑입니다. 놓칠 수 있으니 잘해야 합니다. 내가 잘못하면 이별할 수도 있다고 생각하는 사람들은 스스로 조심합니다. 잘하려고 노력합니다.

죽음을 늘 기억하는 사람이 지금 이 순간을 놓치지 않고 살아가려 합니다. 어떤 누구보다 오늘을 제대로 살아갑니다. 오늘이 마지막 날일지도 모르기에 오늘에 충실합니다. 사랑도 이별을 기억해야 합니다. 그래야 오늘이 마지막 날인 것처럼 늘 현재에 머무르며 사랑할 수 있습니다. 그래야 오히려 이별을 멀리할 수 있습니다. 삶에도 고통이 찾아오듯 사랑 속에도 아픔이 옵니다. 이별을 인정하고 아픔을 끌어안고 슬픔을 참아내고 고통을 견디는 것도 사랑입니다. 그 모든 과정을 포함한 것이 사랑입니다.

어떤 회장님이 갑자기 돌아가셨습니다. 평소 그 회장에게 노동자를 착취하는 악덕 기업인이라고 투쟁하고 분노했던 사람들이 있었습니다. 그런 사람들조차 회장님이 돌아가시니 '명복을 빈다.', '훌륭하신 분이었다.'고 인터넷에 글을 올리는 것을 본 적이 있습니다. 그 글이 진심인지 거짓인지 알 수는 없지만 예고치 않은 갑작스러운 죽음에 최소한의 안타까움을 표현한 것이 아닐까 생각했습니다.

만약 내일 이 분이 돌아가실 것을 알았더라면 그들은 오늘 가슴에 박히는 모진 말은 하지 않았을 것입니다. 모든 것에는 끝이 존재합니다. 다만 그 끝을 모를 뿐이지요. 내일 우리가 죽는다면 오늘 우리의 삶은 예전과 다를 것입니다. 내일 우리가 헤어진다면 오늘 상대를 대하는 우리 행동은 아마 현재와 많이 다를 것입니다. 끝을 안다면 많은 것이 달라집니다.

13

날마다 만나는 기적

철없던 시절, 난생처음 호텔에 숙박을 하게 되었습니다. 다음 날 아침 식사를 하고 밖에서 시간을 보내고 들어왔습니다. 문을 열고 들어오니 놀라운 일이 벌어져 있었습니다. 호텔 방안이 처음 체크인했을 때의 모습으로 아주 깨끗이 정리되어 있었습니다. 충격적이었습니다.

그날 이후 새로운 꿈이 생겼습니다. 평생 호텔에서 살겠다는 꿈 말이죠.

쓰레기장처럼 지저분하게 방이 어지럽혀 있어도 밖에 나갔다가 오면 마법같이 깔끔하게 청소가 되어 있습니다. 침대 정리는 물론 빨래도 세탁을 마친 상태로 기분 좋은 향기를 풍기며 가지런히 접혀 있습니다. 화장실도 휴지통도 테이블 위도 깨끗했습니다. 물이 가지런히 제자리에 놓여 있고 냉장고 안도 깔끔하게 정돈되어 있습니다. 날마다 기적 같은 일이 일어나는 것입니다. 분명 기적입니다.

호텔에서 평생 살겠다는 꿈은 이루어지지 않았습니다. 여느 가정들처럼 결혼해서 자식을 낳고 살고 있습니다. 어느 날인가 저도 집사람도 아침부터 바쁘게 움직였습니다. 집안을 쓰레기장으로 만들어 놓고 둘 다 집을 나섰습니다. 늦은 밤, 일을 마치고 집에 돌아오니 말끔히 정리되어 있었습니다. 먼저 귀가한 집사람이 집안을 정리하고 마트에 간 것입니다. 결혼해서 몇 년을 살았지만 제가 꿈꾸던 호텔 같은 삶을 이미 살고 있다는 것을 그제야 깨달았습니다.

우리의 삶을 자세히 관찰해보면 곳곳이 기적입니다. 아이들은 온 집안을 난장판으로 만들어 놓고 다닙니다. 옷과 장난감, 먹다 남은 각종 간식들이 방바닥에 뒤엉켜 있습니다. 집을 나갔다가 들어오면 그 정신 없던 아이들 방이 싹 치워져 있습니다. 땀에 절고 먼지 묻고 더러워진 옷은 깨끗이 빨려져 옷장에 걸려 있습니다. 오고 가며 떨어진 오물들이 묻었던 지저분한 바닥은 매끈하게 닦여져 있습니다. 식사 때마다 밥상에 음식들이 차려지고 생일 때면 미역국이 올라옵니다. 기념일에는 축하하는 케이크가 기다리고 있습니다. 이 모든 것이 기적인 겁니다.

집안에서 벌어지는 일을 추적해 봅니다. 벗어 던진 옷이 스스로 세탁실에 들어가고 빨래를 합니다. 바싹하게 건조된 옷이 옷장 문을 열고 올라가서 옷걸이에 걸립니다. 마트에 있던 쌀, 라면, 배추, 무, 생선, 돼지고기, 소고기가 스스로 우리 집에 들어와서 씻고 다듬어져 온갖 양념을 뒤집어쓰고 프라이팬 위로 올라갑니다. 요리가 끝나면 접시에 올라갑니다. 먹다 남은 냄새 나는 음식물 쓰레기가 스스로 종량제 봉투에 들어가 봉투 입구를 묶습니다. 문밖을 나서 승강기를 타고 내려가 분리수거장으로 향해 쓰레기통에 들어갑니다.

생각만 해도 신나는 일입니다. 마법 같은 일입니다. 하지만 이런 기적은 결코 일어날 수 없습니다, 그런데 이런 기적이 각 가정에서 날마다 쉬지않고 계속해서 일어나고 있습니다. 기적은 그냥 일어나지 않습니다. 누군가가 정신이 팔려 공부하거나 일하거나 놀 때, 누군가는 집안에서 정성과 에너지를 쏟아 매일매일 기적을 이루어 내고 있는 것입니다. 너무 당연해서 기적인 줄 모르는 것뿐입니다. 마음으로 원한다고, 이랬으면 좋겠다고 해서 기적처럼 이루어지는 일은 없습니다.

집뿐이 아닙니다. 저녁 늦게 유흥가를 지나가 보면 사람 사는 곳이 아닌 것 같습니다. 각종 쓰레기로 뒤덮인 거대한 쓰레기장입니다. 더럽고 냄새가 나서 코를 막고 지나가야 할 것 같은 골목입니다. 그러나 아침이 되면 언제 그랬냐는 듯 말끔하게 치워져 있습니다. 이름 모를 누군가가 기적을 일으키고 지나간 것입니다.

날마다 기적을 목격합니다. 기적이 일어나는 일상 속에 살면서 기적인줄 모르고 살아갑니다. 이 세상에서 우리가 누리고 있는 모든 것들은 누군가가 땀을 흘리고 고생하고 희생하면서 만들어진 것들입니다. 당연하게 누리는 것들이지만 당연한 것이 아닙니다.

어머니가 못한 일이 있으면 대신 한번 해보세요. 평소에 안 하던 기특한 행동을 하면 부모님이 이렇게 말씀하십니다. '얘가 웬일이야. 안 하던 짓을 하고 그래. 내일은 해가 서쪽에서 뜨겠네.' 하지 않습니까. 해가 서쪽에서 뜨는 일은 말이 안 되는 기적 같은 일입니다. 남편이 못한 걸 대신 해주고, 부인이 놓친 것을 대신 해주세요. 그러면 내가 기적의 주인공이 되는 겁니다.

'기적奇跡'. 기특하고 기이한 발자취입니다.

자신의 힘이 아닌 다른 사람의 수고로 얻게 된 편안함에 감사할 줄 알아야 합니다. 당연한 것을 당연한 것으로 보지 않을 때, 더 큰 기적을 날마다 만나게 될 것입니다. 기특하고 기이한 발자취를 남겨보는 것입니다. 기적의 주인공이 됩니다.

14

인생은 공평하지 않다

10년 전쯤 일입니다. 오랫동안 연락이 없던 친구에게서 전화가 왔습니다. 제주 땅을 사달라는 그 친구에게 땅을 소개해준 적이 있습니다. 제가 오래전에 잠시 부동산을 할 때였습니다. 전화기 너머 친구의 목소리에 아쉬움이 묻어납니다. 친구 말인즉, 제주 땅이 몇 배씩 다 올랐는데 자기 것만 안 올랐다는 겁니다. 본인도 사놓고 전혀 관심을 안 두고 있었는데 세금 문제로 직접 제주에 가서 보니 길도 없더랍니다.

그 당시 제주에 있는 지인에게 부탁해서 땅의 지적도를 보고 괜찮겠다 싶어서 추천해 주었습니다. 기억이 가물가물하지만 제주 산간 땅이라 몇천 원 정도였습니다. 친구가 생각했던 금액과 구입 의도를 봤을 때 길의 유무가 크게 중요하지 않았기에 정확히 확인하지 않고 소개하여 주었습니다. 지난 일이지만 너무 민망했습니다.

"싼 게 비지떡이라고 길이 없었나 보네, 내가 죽일 놈이다."

"그래, 땅값 많이 오를 줄 알았으면 네가 샀겠지. 나에게 사라고 주었겠냐."

서로 몇 마디 주고받으며 어색하게 웃고 넘어갔습니다. 몇 년이 지나 그 친구에게서 다시 전화가 왔습니다. 저는 제주 땅 때문에 연락하나보다 직감했습니다. 또 무슨 일인가 걱정하면서 전화를 받았습니다.

"여보세요?"

"나다! 친구야! 고맙다!"

"고맙긴 뭐가 고마워? 돌려 말하지 말고 직설해봐."

"좋아도 죽는다더니 좋아 죽을 것 같으니 약을 먹어야겠다."

"응? 이게 무슨 말이야?"

"네가 사준 땅 길이 없어서 팔 생각도 안 하고 있는데 누가 사겠다고 해서 계산해봤어. 보니까 내가 산 가격의 30배로 쳐준다고 팔라고 하더라고. 갑자기 뭔 일인가 하도 이상해서 직접 제주에 갔지. 가보니 내 땅으로 길이 났어!"

"아……. 진짜 잘됐다."

"근처 부동산에 알아봤더니 아무리 싸게 팔아도 지금 사겠다고 부르는 가격의 최소한 20배는 받을 것 같다. 야! 내가 한턱 쏠게! 용돈도 챙겨줄 테니까 어서 만나자!"

밥이고 뭐고 다 필요 없었습니다. 무거운 짐을 내려놓은 것처럼 속이 다 시원했습니다. 가슴 한구석에 묵혀놓은 무언가가 쓸려 내려가는 기분이었습니다. 세상에 이런 일이 벌어집니다. 살면서 이런 일만 생긴다면 얼마나 좋겠습니까. 그러나 이런 일이 아무에게나 일어나는 것은 아닙니다. 좋은 땅이 그린벨트나 공원 부지로 묶여서 재산권을 행사하지 못하는 사람들도 있고 집 옆에 혐오시설이 생겨서 땅값이 떨어지는 경우도 있습니다. 기대하지도 않은 곳에 교통시설이 확충되고 대기업 공장이 들어오기도 합니다. 정부의 개발계획이 수립되면 그 라인 안에 수용되는 곳이 있고 바로 옆에 붙어있어도 수용되지 않는 곳이 있습니다.

친구의 전화를 받고서 생각이 깊어졌습니다. 음지가 있으면 양지가 있기 마련이고 높은 곳이 있으면 낮은 곳이 있을 수밖에 없습니다. 한 나무에서 나오는 나뭇잎도 가지마다 위치마다 나뭇잎이 하나하나 다릅니다. 사람이 자기가 원하는 대로 할 수 있는 것이 얼마나 되겠습니까? 태어나는 나라를 선택하고 부모를 선택할 수 없습니다. 본인이 낳는 자식도 원하는 모습대로 낳을 수 없습니다.

인간은 태어나면서부터 불평등하게 태어납니다. 이것처럼 불공평한 일이 어디 있을까요. 선택이 가능하다면 어떤 사람이 가난하고 열악한 가정에서 태어나고 싶겠습니까. 자기 자식을 성공한 사람으로 만들고 싶지 않은 부모가 어디 있겠습니까. 그뿐이 아니지요. 부모의 반대에도 자기들끼리 좋아서 죽고 못 산다고 결혼한 사람들 중에 상대가 맘에 쏙 들어서 백년해로 하는 사람이 얼마나 되겠습니까.

'못생겼다, 잘 생겼다'는 기준은 사람들이 만들어 낸 것입니다. '좋다, 나쁘다'라고 하는 가치는 본래부터 그런 것이 아닙니다. 때에 따라서, 시대에 따라서 가치 기준은 변하기도 하고 바뀌기도 합니다. 만약 사람들의 생김새가 똑같다면 끔찍한 재앙일 것입니다. 지구상에 색깔이 단 하나라면 얼마나 보기 흉하겠습니까. 식물도 한 종류, 동물도 한 종류, 산이고 강이고 오차 없이 똑같이 생긴 세상을 상상해 보세요. 그런데 사람들은 똑같은 지위, 똑같이 평등한 삶을 원합니다.

일단 태어난 것은 되돌이킬 수 없는 숙명이고 운명입니다. 먼저 자신의 현실을 있는 그대로 받아들여야 합니다. 그리고 그것을 기반으로 최선을 다해서 사는 것입니다. 세상이 불평등하다고 불평하기 시작하면 누구보다 자기 자신이 가장 괴로워집니다. 갈수록 힘들어지고 원망만 쌓여 갈 뿐입니다. 저라고 왜 그런 생각을 안 해봤겠습니까. 누가 봐도 좋은 나라, 좋은 집에서 태어나 잘난 자식을 낳고 싶지 않았겠습니까. 자연을 보면서 저는 불평등하다는 생각을 지우기 시작했습니다. 쉽지 않았습니다. 하지만 생각을 바꾸지 않으면 불평등한 세상을 향해 분노를 품고 평생 괴롭게 살 것 같았습니다. 자신을 인정하듯이 타인을 인정하라던 어머니 말씀이 생각납니다.

'나무는 큰 나무 덕을 못 보지만 사람은 큰 사람 덕을 보고 산다. 큰 사람 원망하지 마라.'

이 말을 이해하는 데 오랜 시간이 걸린 것 같습니다. 자연이 제각각 다르듯 이 세상에 태어난 사람들이 생김새, 생각, 개성이 다르고 사는 것이 모두 다르다는 것에 감사했습니다.

여기에 허울 좋은 함정이 있습니다. 불평등한 세상을 타파하고 평등한 세상을 이룬다는 말은 이념주의자들이 많이 합니다. 평등하려면 자기들부터 스스로 내려와야 하는데 그러지 못하는 사람들을 쉬이 볼 수 있습니다. 평등을 주장하면서 타인을 끌어내리고 자신은 올라가려는 사람들을 종종 봅니다. 주변에 어떤 함정들이 있는지 잘 살펴야 합니다. 자신에게 유독 약한 함정이 있습니다. 이 함정에 빠지면 평생을 남 탓하고 불평하는 인생이 됩니다.

따지고 보면 부모도 자식들을 평등하게 낳아주지 않지요. 모두 똑같이 키 크고 잘 생기게 낳지 않습니다. 하나가 공부를 잘 한다면 하나는 운동을 잘 합니다. 부족한 것도 다르고 뛰어난 것도 다른 겁니다. 이것을 부모 탓이라고 원망하면 부모도 괴롭고 자신도 고통입니다. 이런 삶이 행복해질 리가 없습니다. 반대로 부모 입장에서는 자식이 다 마음에 들겠습니까? 그런데도 사람들은 공평하지 않음에 불평합니다. 똑같이 가지고 똑같이 생긴다고 불평이 사라질지 의문입니다.

내게 주어진 것보다 남의 것이 항상 더 크고 좋아 보입니다. 마냥 높아지면 좋다는 생각을 하시는 분들도 있습니다. 우리나라 역대 대통령들을 떠올리면 생각이 바뀔지 모릅니다. 이승만 대통령은 망명해 다른 나라에서 돌아가셨고, 박정희 대통령은 총 맞아 돌아가셨고, 전두환 대통령과 노태우 대통령은 교도소에 갔고, 김대중 대통령과 김영삼 대통령은 자식이 구속되는 수모를 겪었고, 노무현 대통령은 자살로 생을 마감했고, 이명박 대통령과 박근혜 대통령은 교도소에 갔습니다. 앞으로도 어떤 대통령이 어떤 수모를 겪게 될지 모를 일입니다. 그저 높이 올라가고 뛰어나다고 해서 다 좋은 것은 아니라는 말입니다.

세상이 불공평하다는 것을 인정하는 순간부터 삶의 균형을 찾을 수 있습니다. 귀족이 있으면 평민이 있고 부자가 있으면 가난한 사람도 있고 천국이 있다면 지옥도 있습니다. 작다고 생각하는 사람들이 큰 사람 덕을 본다는 생각이 들도록 베풀어야 합니다. 작은 사람은 더 크게 되기 위해 자신이 뛰어난 것에 집중해야 합니다. 큰 사람을 끌어내리려 할 힘으로 본인이 올라가는 것이 유익이 아닐까 싶습니다. 올라가려는 그 힘이 발전의 원동력이 될 것입니다.

높은 산은 바람이 불어 여름에는 시원하지만 겨울에는 추워서 살기 어렵습니다. 돌고 도는 것이 인생입니다. 이 지구라는 위성에서는 70억 명의 인구가 존재합니다. 그렇다면 70억 개의 기준이 생기는 겁니다. 불평불만 한다고 바뀌지 않는 것이라면 내 생각을 바꿔야 합니다. 내 생각을 바꾸고 유일무이한 자신의 인생을 사십시오. 남들과 비교하면서 괴롭게 살든, 자신의 인생에 집중하며 살든, 우리 모두가 결국 흙으로 돌아간다는 단 한 가지 사실은 누구에게나 공평하게 다가옵니다.

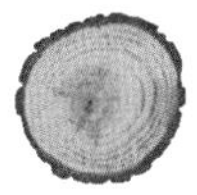

15

부드러운 것처럼 강한 것은 없다

건축 현장에서 오랜 시간 일하며 가장 골치 아팠던 것이 있습니다. 바로 물, 방수의 문제입니다. 건축물이 무너지는 경우는 거의 없지만 물이 새서 고생하는 일은 흔합니다. 건축에서의 물은 사람들에게 위협을 주지 않지만 불편하게 합니다. 건물은 얼마든지 높이 지을 수 있지만 물은 지하에서도 옥상에서도 샐 수 있습니다. 웅장하고 멋있게 지은 값비싼 아파트도 물이 새어 문제가 생기면 가치가 떨어집니다. 어디서부터 시작되는지도 모를 작은 틈을 찾기 위해 건물 전체를 샅샅이 뒤져야 합니다. 그만큼 방수의 역할이 큽니다.

물이 무서운 것은 부드럽다는 데 있습니다. 눈에 보이지 않는 작은 틈을 뚫고 들어오기 때문입니다. 물은 형태가 없이 유연하기 때문에 아무리 단단한 건물이나 바위도 작은 틈을 통해서 흘러갑니다.

부드러운 마음, 부드러운 사람은 돌처럼 단단한 마음을 가진 사람의 작은 틈을 벌리고 그 속으로 스며들어 사람을 움직이게 합니다.

'부드럽다'하면 저는 어머니가 떠오릅니다. 어머니 말씀은 길고 부드러웠습니다. 알아들을 때까지 설명하셨고 때로는 하고 싶은 말을 삼키시고 입을 다무셨습니다. 아버지는 말이 짧고 강했기에 일부러 가까이 하지 않았습니다. 보통 어머니들이 잔소리가 심하다고 하지만 짧고 강한 아버지 말보다 잔소리 같은 어머니 말씀을 우리는 더 잘 듣게 됩니다.

제가 태어나 자란 마을은 산으로 둘러싸인 산골이라 바깥세상과 단절되어 있었습니다. 그런지라 세상 말을 모르고 살았습니다. 먹고 살기 힘든 궁핍으로 가득 채워진 시대였고 가난 속에서는 말이 중요하지 않았습니다. 전기도 없었고 라디오도 TV도 없었으니 세상 밖으로부터 듣고 배울 수 있는 말이 없었습니다.

그저 함께 엉켜 사는 식구들의 언어만 접할 뿐이었습니다. 그런 저에게 어머니의 말은 세상의 모든 가르침이었습니다. 아버지의 말과 구분되는 어머니의 말을 통해 삶을 배워갔습니다.

사람을 보고 '부드럽다', '강하다' 합니다. 실제로 무력을 행사하지는 않지만 그렇게 표현하곤 합니다. 그저 말하는 것을 보고 충분히 느끼기 때문입니다. 강한 말을 하거나 욕을 한다고 해서 상대 입술이 터져서 피가 나지는 않습니다. 말 자체는 사람의 육체에 전혀 위해를 가하지 못하지만 강한 말을 들으면 마치 주먹으로 맞은 것처럼 마음이 아프고 힘들고 화가 납니다. 때로는 돌로 맞은 것처럼 가슴에 상처가 나고 때로는 몸이 쓰러져 주저앉습니다.

강한 것은 잘 깨지기 마련입니다. 군인들은 결속력이 뛰어나고 강한 것 같지만 제대하고 나면 끝나는 인연이 많습니다. 군대에서 배운 것은 제대할 때 위병소를 나오면서 잊어버립니다. 조금 지나면 중대장이 누구였는지 선임병 이름이 무엇이었는지, 군대 동기 얼굴도 가물가물해집니다. 한 개비 담배도 나누어 피운다고, 군가를 부르면서 행군했던 시절이 있습니다. 같이 뒤엉켜 전우애를 불태우며 살았는데 어떻게 이렇게 쉽게 잊을 수 있을까요? 강해서 그렇습니다. 강한 말, 짧은 단답형 대화를 했기 때문입니다.

부드러운 물이 바위를 뚫고 콘크리트를 뚫습니다. 부드러운 것은 사람의 마음을 움직입니다. 유연한 것, 부드러운 것을 이길 수 있는 것이 없습니다. 희망을 잃고 포기하고 좌절해 쓰러져 가는 사람을 살리는 것은 부드러운 말 한마디입니다. 진정성 있는 부드러운 말은 그 자체로 힘이 되어 아물지 않을 것 같은 마음을 치료해 새살이 돋게 하고 다시 일어나게 합니다. 강한 말은 성벽을 쌓게 만들고 내 마음의 문을 잠그게 만듭니다. 별것 아닌 것 같은 말 한마디가 사람을 죽이고 살립니다.

말은 그 사람의 인격을 고스란히 드러냅니다. 내 입에서 나오는 말을 눈여겨 볼 일입니다. 어떤 말을 어떻게 하고 있는지가 나의 마음 상태, 인격을 나타냅니다. 겨울에 입는 패딩도 가볍고 부드러운 구스다운이 제일 따뜻합니다. 가늘고 부드러운 양털이 따뜻합니다. 맵고 짠 강렬한 음식보다 부드러운 음식이 위에도 부담을 덜 줍니다. 화장도 부드럽고 자연스럽게 해야지 진하고 강하게 하면 무섭기까지 합니다. 굵게 짧게 강하게 사는 것도 좋지만 가늘게 길게 부드럽고 재미있게 사는 것도 생각해 볼 일입니다. 부드러운 것이 강한 것입니다.

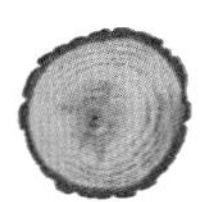

16

비교하지 말고 즐겨라

1999년 이탈리아 밀라노에 있을 때 일입니다. 어느 날 현지에서 배포되는 한인 신문을 읽게 되었습니다. 신문을 몇 장 넘기다가 우리나라에서는 한 번도 듣도 보도 못했던 신기한 광고를 발견했습니다. 휴가 갈 때 잠시 애완견을 맡겨둘 수 있는 개 호텔 광고였습니다. 애완견에게 제공되는 각종의 서비스 목록과 함께 금액이 제시되어 있었습니다. 개가 잠을 자는 1박의 방값은 제가 묵고 있던 호텔비보다 몇 배나 비쌌습니다. 심지어 개가 먹는 밥값조차 제가 먹는 밥값을 훌쩍 넘었습니다. 머리가 어지러운 순간이었습니다.

그 당시 우리나라에서 운영되던 특급호텔도 손을 꼽을 정도였는데 개를 위한 호텔이라니요. 난생처음 접하는 이런 신박한 개념은 상상하지도 못할 때였습니다. 지금 묵고 있는 방이 개가 자는 방보다 싸다는 생각을 하니 비참한 생각이 들었습니다. 개만도 못한 건가 싶은 생각이 스쳐 지나갔습니다. 개와 비교하기 전에는 꽤 괜찮게 보이던 호텔방이 개집처럼 보였습니다. 제가 점점 초라해 보이더니 이내 밥맛도 떨어졌습니다. 호텔에서 나오는 음식을 보면 '개밥보다 싼 밥이네' 싶었습니다.

지금 생각해보니 누구에게 화를 내야 할지 모르는 상태로 이유도 모른 채, 화가 잔뜩 나있었던 것 같습니다. '비싸고 좋은 호텔에서 잔다고 개가 행복할까?' 이런 생각이 들었습니다. 몇 년 전에 뉴스에서 엄청난 재력가가 애완견을 유산 상속자로 지정했다는 소식을 들은 기억이 납니다. 또 외국에서는 재산이 아닌 애완견으로 이혼을 위한 재산권 소송이 진행된다는 얘기도 들었습니다. 어떤 개들은 사람보다 나은 대접을 받기도 하는 것 같습니다.

사람들은 대개 자기보다 못나 보이는 사람과 비교하지 않고 잘나 보이는 사람과 비교합니다. 못나 보이는 사람은 무시하면서 잘나 보이는 사람은 미워합니다. 그러면서 비교대상이 되는 사람처럼 되고자 몸부림

치며 피곤하게 살아갑니다.

아무리 많은 것을 가지고 있고 큰 권력을 잡았더라도 자신보다 더 많이 가진 사람이나 더 큰 권력을 가진 사람과 비교하면 자신이 초라해집니다. 연봉 1억원을 받는 사람이 연봉 5억원을 받는 사람과 비교하면 초라해집니다. 재산, 학벌, 인맥, 외모를 가지고 비교하면 초라해지지 않을 인간이 없습니다. 점심 한 끼 밥을 같이 먹어주는데 몇십억 원을 받는 분도 있습니다. 저 같은 사람은 평생 구경도 못할 돈입니다.

수영을 잘하는 사람이 있다고 칩시다. 그가 아무리 수영을 잘한다 해도 펠프스 같은 사람과 비교하면 초라해집니다. 수영을 잘해야만 행복하다면 전 세계에서 수영하는 사람 중에 펠프스 한 사람만 행복할 것입니다. 수영을 잘하든 못하든 즐겁게 수영하면 그게 최고입니다.

비싼 밥을 먹느냐 값싼 밥을 먹느냐에 따라서 즐거움이 달라지는 것이 아닙니다. 어떤 환경에서 어떤 사람과 어떤 이야기를 나누면서 먹느냐에 따라 음식 맛이 달라집니다. 사람이 어떻게 사느냐가 중요합니다. 얼마나 많이 가지고 누리냐가 중요한 것이 아닙니다. 많이 배워서, 높은 지위에 올라가서 사람인 것이 아닙니다. 사람으로 태어났기 때문에 아무 것 없어도 사람인 것입니다. 누구 한 사람이 죽으면 그 사람을 대체할 만한 사람이 없습니다. 빨주노초파남보에서 노랑이 빠지면 노랑은 없는 것입니다. 다른 색이 그 색을 대신할 수 없습니다. 이처럼 대체 불가능한 것이 인간입니다.

지구상에 단 하나뿐인 유일한 존재이기 때문에 비교할 수 없습니다. 자신이 획득한 수많은 타이틀이 나를 존귀하게 만들지 않습니다. 나의 행동이 나를 존귀하게 만드는 것입니다. 길에서 구걸을 해도, 헐벗어도, 죄를 지었어도 인간은 만물의 영장입니다. 인간은 비교 대상이 아닙니다. 한 사람 한 사람이 천하보다 귀한 존엄성을 가진 위대한 존재입니다. 자신의 존엄을 아는 사람이 타인의 존엄을 인정해 줄 수 있습니다.

욕망을 이루어야 행복하다지만 아이러니하게도 때로는 그 욕망을 덜어내는 만큼 편안해집니다. 비교의 늪에서 나와야 합니다. 이 사람은 이렇구나, 저 사람은 저렇구나 할 것도 없습니다. 언제 갈지 모르는 찰나 같은 인생을 살고 있습니다. 목이 꺾어져라 위만 쳐다보고 신세 한탄 할 시간이 없습니다.

나이가 들면서 남은 시간이 얼마 안 남았다는 것을 느낄수록 남을 쳐다보는 것만큼 부질없는 짓이 없다는 생각이 듭니다. 스스로 인식하지도 못한 채 자신이 아닌 타인의 삶을 살아갑니다. 타인이 가진 것을 갖기 위해 자신도 가지려 달려가고 타인에게 보이기 위해 좋은 것을 얻으려 합니다. 그것이 어찌 자신을 위한 삶이라고 할 수 있을까요. 그렇게 남의 시선을 얻으면 무엇합니까. 더 많은 시선을 얻기 위해 멈추지 않습니다. 다 지나가는 풍경입니다. 우리 각자 자신을 제외하고는 부질없는 것입니다. 나를 바라보며 내 인생을 살고 누리기에도 짧습니다.

오늘 할 수 있는 것이 있다면 즐거운 마음으로 하면 됩니다. 자신만의 보폭으로 걸어가며 자신의 속도와 환경에 맞게 오늘을 사는 것입니다. 즐거운 것이 있다면 그 하나를 둘로 만들어 가면 됩니다. 당신만이 살아갈 수 있는 오늘입니다.

17

주름은 부끄러운 것이 아니다

어머니가 90세를 넘어 노환으로 누워 계실 때였습니다. 어떤 분이 병문안을 오셔서 얼굴에 주름이 깊으니 안타깝다고 말씀하셨습니다. 어머니는 그분에게 이렇게 대답하셨습니다.

"이 나이에 얼굴이 20대처럼 팽팽하고 머리가 검으면 내가 사람이냐? 귀신이라고 도망가지. 사람이 나이 먹으면 나이 먹은 표가 나야지. 항상 그대로면 돌덩이지. 그게 사람이겠어?"

곁에 있던 저는 어머니의 말씀을 들으며 '어머니가 참 어머니답게 대답하시는구나.' 했습니다. 늙음을 받아들이는 여유가 느껴졌습니다. 나이 먹은 것은 부끄러운 것이 아닙니다. 얼굴 가득한 주름과 흰머리는 숨길 것도 아닙니다. 주름은 살아온 삶과 세월의 흔적입니다. 자연의 섭리에 따라 자연스럽게 만들어진 것입니다.

'사십이 되면 얼굴에 책임을 져야 한다'는 말이 있습니다. 젊은 날에는 누구나 팽팽하고 보기에 좋습니다. 그때는 얼굴에 삶이 드러나는 때가 아닙니다. 젊음과 아름다움이 나타나는 때이지요. 나이를 어느 정도 먹으면 젊음이 가시면서 살아온 삶이 얼굴에 담기기 시작합니다. 얼굴의 모양이나 형태가 달라진다기보다 인상이 만들어져 점점 자리 잡는 것입니다. 숨길 수 없는 인생을 대해왔던 기록입니다.

강하게, 표독스럽게, 부드럽게, 온화하게, 인자하게, 음흉하게, 어둡게, 혹은 밝게, 가지각색 살아온 형상이 얼굴에 드러납니다. 참으로 신기합니다. 두 손으로 덮으면 가려지는 이 작은 얼굴에 생김새가 천차만별입니다. 수천 수만명의 사람들이 외모도 다 다르게 태어나지만 각각의 인생들을 유심히 보면 다양한 얼굴로 변해갑니다. 삶에 의해서 얼굴이 만들어지기 때문이겠지요.

언젠가 지인과 대화를 나누다가 당혹스러웠던 경험이 있습니다. 여럿이 대화 중에 한 분이 재미난 얘기를 하시면서 모두 깔깔거리고 배꼽을 잡고 웃은 적이 있습니다. 그런데 그중 한 분이 분명히 목소리는 큰소리로 쩌렁쩌렁 웃고 있는데 얼굴은 웃지 않는 것입니다. 얼굴에 무슨 주사를 맞은 것인지 알 수 없었지만 입과 눈 주변의 웃는 근육이 굳어있었습니다. 눈도 이마도 움직이지 않았습니다. 입꼬리가 살짝 위로 올라간 상태로 웃는데 제가 보기엔 웃는 게 웃는 게 아니었습니다. 웃으면 자연스럽게 근육과 피부가 따라 올라가며 누가 봐도 웃는 표정이 나와야 하는데 매우 어색했습니다. 신기해서 자꾸 쳐다보는 저를 발견했습니다.

사람이 웃는 모습이 얼마나 보기 좋습니까! 가장 보기 좋은 얼굴이 웃는 얼굴입니다. 웃는 얼굴을 보고 있자면 나도 모르게 같이 미소가 지어집니다. 주름을 없애려고 가장 보기 좋은 웃는 얼굴을 잃은 것입니다. 주름은 단순히 나무의 나이테가 아닙니다. 주름은 없애버려야 할 보기 흉한 것이 아닙니다. 그 사람이 살아온 삶의 흔적이 고스란히 그려져 있는 것입니다. 저는 어머니의 깊은 주름을 조금이라도 이해할 수 있었습니다. 삶에 의해서 깊어져 가는 주름은 어머니께서 살아온 지난날의 내력을 기품 있게 말해주고 있습니다.

사람들은 얼굴 인상을 보고 인생을 어떻게 살아왔나 판단한다고 합니다. 미남미녀가 되고 싶은 마음도 압니다. 젊은 상태로 오래 유지하고픈 마음도 압니다. 본인 얼굴에 본인이 손을 대는 거야 제가 뭐라 말할 자격은 없습니다. 그러나 손대면 손대는 만큼 부자연스러워지는 것도 순리입니다. 자연이 훼손되는 것처럼 자신의 본래 모습이 훼손되는 것이 아닐까 합니다. 나이가 들수록 더욱 진하게 얼굴에 나타날 매력적인 인상을 만드는 것이 진짜 미남미녀로 늙어가는 것이 아닌가 싶습니다.

늙음은 다른 사람의 이야기가 아닙니다. 나의 이야기이고 우리 모두의 이야기입니다. 늙어가고 주름이 잡혀가는 것이 우리에게는 무방비일 수밖에 없습니다. 세월을 거스를 수 없다면 세월의 깊이가 얼굴에 담겼으면 좋겠습니다. 주름이 하나 늘어갈수록 세상을 대하는 마음의 여유도 늘어가면 좋겠습니다.

18

우리 안의 우리

우리 집, 우리 아빠, 우리 딸, 우리나라, 우리 동네, 우리 학교…….

'우리'라는 말을 평상시 쉽게 하고 또 쉽게 듣게 됩니다. 다른 나라들은 어떤지 모르겠지만 유독 우리나라만큼 '우리'라는 단어를 자주 사용하는 나라는 없는 것 같습니다. 구체적으로 함께라는 것을 강조하는 상황이 아닌, 그 이상의 말입니다. 외국영화에서도 그들이 하는 대사를 보면 나의 나라my country, 나의 집my house, 나의 아들my son이라고 표현합니다.

'나'라는 개인보다는 보편적인 '우리'를 강조하는 경향이 있습니다. 불완전한 개인을 보호하려는 무의식이 보다 안정적인 개념인 '우리'로 대변됩니다. 통일된 의견이나 같은 속성으로 연결된 느낌은 사람에게 안정감을 줍니다. 그 '우리'라는 것도 '우리'마다 다릅니다. 서로 다르고 자립적으로 존재하는 자기의식을 가진 개인이 뭉쳐진 '우리'는 강합니다. 그저 다수가 모인 '우리'와는 다릅니다. 의미 없이 묶여져 있는, 어딘가에 속한 통일감으로 만족을 느끼는 '우리'는 진정한 '우리'로서 역할을 못합니다.

우리보다 중요한 것이 개인입니다. 홀로 설 줄 알아야 합니다. 우리라고 하는 굴레에서 벗어나서 자기로 살아갈 줄 알아야 합니다. 사람들은 항상 눈치 봅니다.

'우리 뭐 해볼까?'
'우리 밥 먹으러 갈까?'

우리 속에는 내가 없습니다. 단체 속에는 내가 없는 겁니다. 혼자 여행을 갈 수 있고, 혼자 자기를 개발할 수 있고, 혼자 공부를 할 수 있어야합니다. 혼자 판단할 수 있고, 혼자 선택할 수 있어야 합니다. 우리로서 익숙해진 인간은 아무것도 혼자 할 수 없습니다. 자기를 개발하지 못하는 사람은 자기 자신을 위해서 투자하는 것이 없으니 자기 때를 모릅니다. 기회가 와도 기회인지 모릅니다. 그러니 기회가 왔어도 자기 것으로 만들지 못합니다. 기회인지 알아도 실력이 없으니 눈뜨고 기회가 지나가는 것을 바라볼 수밖에 없습니다. 단체의 무리 안에 있는 한 사람일 뿐입니다. 나로 살지 못하고 우리로 삽니다.

'사람 인人' 글자는 두 사람이 서로 기대고 있는 형상을 하고 있다고 합니다. 하지만 기원을 따져보면 우리가 알고 있는 것과 다릅니다. 갑골문의 人자는 한 사람을 측면에서 바라본 모양을 하고 있습니다. 허리를 굽히고 팔을 펴 일을 하고 있는 사람의 모양을 닮았습니다. 노동을 하고 있는 사람, 그 사람이 가진 기세와 힘을 표현한 것입니다. 단지 두 개의 선을 사용해 인간의 운명을 나타내는 듯 합니다. 두 사람이 아니라 혼자서 삶을 살아가는 표현일지 모릅니다. 고대부터 혼자라는 것을 인식했을지 모릅니다.

세상에 태어나 수고하고 애쓰고 노동을 통해 삶을 살아가는 사람 본연의 모습을 가장 간결하고 강렬하게 표현한 것입니다. 역동적인 그 움직임을 통해 보여주고 있는 것입니다. 노동으로 새로운 문명 창조의 저력을 가진 인간을 상징적으로 보여주고 있는 것입니다.

자신의 힘으로 일을 하며 창조해내는 능력을 가진 주체성의 사람으로 살아가는 것이 인간의 본질이라고 생각합니다. 혼자 제대로 설 수 있는 사람이 자신의 어깨를 내어 줄 수도 있는 것입니다. 제대로 서지도 못하는 상황에서 누군가 자신에게 기대온다면 아마도 같이 무너지게 되겠지요. 둘 다 망가지는 겁니다. 각자의 역량으로 설 수 있는 사람들이 서로에게 기대어 둘이 하나 된다면 어떤 일이 벌어질까요? 혼자 할 수 없었던 더 크고 의미 있는 문명이 창조될 수 있지 않을까요? 그 둘이 합쳐진 하나는 더 강력해질 것입니다.

홀로 서서 이루어 내는 기쁨이 있고 함께함으로써 이루어내는 기쁨이 있습니다. 남자 혼자 아무리 능력이 뛰어나도 생명을 창조할 수 없습니다. 여자도 마찬가지입니다. 남자와 여자, 둘이 있어야만 생명이 창조될 수 있습니다. 사람을 인간이라고 하는데 '사이 간間'은 사람들의 사이, 즉 관계를 의미합니다. 독립적이고 주체적인 사람人이 다른 사람들과의 다양한 인간관계間를 맺고 일구며 살아가는 거지요.

창의적이고 특별한 것들은 추상적인 개념과 같은 관념 속에 있지 않습니다. 현실에 있습니다. 현실에서 살고 있는 사람, 사람마다 다르게 타고난 그 고유성 안에 있습니다. 하나의 개체로서 나만의 고유성을 진지하게 탐색해야 합니다.

본인이 경험한 세계와 타인이 경험한 세계가 만나 서로 기댈 때 영역은 확장됩니다. 혼자서 할 수 없었던 시너지가 나타납니다. 그것은 단순히 위로받고 연결되어 있는 느낌으로 끝나는 것이 아닙니다. 개인이 가지고 있던 한계를 넘어서 전혀 다른 차원으로 갈 수 있는 길이 열리는 겁니다. 그래서 옛 어른들이 사람 인人을 보고 두 사람이 서로 기대어 서로 의존하고 살아가야 하는 존재라고 했는지도 모릅니다. 혼자 설 수 있는 사람은 함께 서 보려 하고 누군가에게 기대어 있던 사람은 혼자 설 수 있어야 합니다. 살다 보면 혼자일 때도 함께일 때도 필요하니까요.

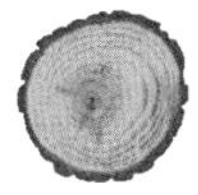

19

노예 근성에서 벗어난다는 것

뉴스를 잘 안 봅니다. 보다 보면 머리가 지끈거리고 아파집니다. 부정적인 뉴스가 많다 보니 머리에 잔상이 남아 되도록 멀리 합니다. 현기증이 일어날 것 같아 텔레비전을 끄지만 '이 나라가 도대체 어떻게 되려나' 내심 걱정이 되곤 합니다. 요즘은 하루가 멀다 하고 일본, 중국, 미국과 연관되어 있는 많은 이슈들이 터져 나오고 있습니다. 근래 들어 노예 근성, 식민지 근성이라는 단어가 등장하는 것을 종종 발견합니다. 우리나라 사람들이 스스로를 비하하고 비꼬아 부르는 말이겠지요.

노예 근성은 단순히 우리나라뿐만 아니라 세계 대부분의 나라들에서 발견됩니다. 지배와 피지배라는 먹이사슬에 의해 크고 작은 나라들이 이해관계에 얽히고 설키어 잔혹한 전쟁을 반복하며 현재에 이르렀습니다. 인류의 역사는 전쟁의 역사였다고 해도 과언이 아닙니다. 엉망이었던 세계의 역사과정을 되돌아볼 때, 특히 자본주의 사회가 창궐한 지금 시대에 노예 근성을 완벽하게 피해가는 국가와 시민은 없을 것이라고 생각합니다.

그럼에도 불구하고 암울한 현실 속에 직면한 문제들을 해결하기 위해 각자의 입장에서 최선을 다해 왔습니다. 어쩔 수 없어 약자의 굴레를 벗어버릴 수 없었다 하더라도 더 나은 미래를 위해 추구했던 몸부림의 연속이었습니다. 인류사는 결코 핑크빛이 아니었습니다. 알게 모르게 사회 전반에 녹아있는 이 노예 근성이라는 것이 무엇인지 정확하게 알아야 거기서 벗어날 수 있지 않을까 생각해 봅니다.

노예의 반대말은 주인이라고 할 수 있을 것입니다. 그렇다면 주인이란 무엇일까요? 저는 '주인'을 두 가지로 정의합니다.

첫 번째는 자신의 위치를 지키는 것입니다. 저는 그것을 주인이라고 봅니다. 있어야 할 자리에 있는 것이지요. 학자라면 학자의 양심에 따라 권력의 논리에 휘둘리지 않고 학업 윤리를 지키는 것입니다. 검사라면 검사의 직업 정신을 지키는 것입니다. 학연·지연으로 얽혀진 많은 끈을 통해 억압과 회유가 들어와도 소신에 맞게 처리할 수 있어야 합니다. 기자가 돈을 받고 기사 내용을 고친다면 자신의 위치를 떠난 것입니다.

노예는 주는 대로 받습니다. 본분의 역할을 하지 않고 시키는 대로 합니다. 노력하고 성취하기보다 공짜로 받는 것을 좋아합니다. 그러니 더 큰 것을 주는 사람을 향해 언제든 자신을 팔 준비가 되어 있는 것입니다. 직업의 역할이 있다면 직업 정신을 지키며 일을 수행할 수 있는 것이 진짜 주인입니다. 의사도 학생도 선생도 식당 주인도 기업 대표도 마찬가지입니다. 전업주부가 가정을 돌보지 않고 밖으로 나돈다면 자신의 위치를 떠난 것입니다. 주인이라면 본연의 마땅한 위치를 지키는 것입니다.

두 번째는 책임을 질 줄 아는 것입니다. 인간에게는 동물에게 없는 생각하고 판단하는 능력, 곧 자유의지가 있습니다. 이것은 각자 개인의 판단과 선호에 의해 선택할 수 있음을 의미합니다. 스스로 원하는 대로 알아서 살아가도록 놓인 것입니다. 동시에 인간은 자기 자신은 물론 이웃과 사회의 복잡다단한 문제가 들끓는 환경에 놓여집니다. 현실을 끌어안고 적극적으로 책임을 짊어져야 합니다.

노예는 어떠한 책임도 지지 않습니다. 주인이 시키는 대로 일을 하고 주인이 원하는 것을 하기만 하면 됩니다. 책임을 지지 않으니 그에 따른

권리도 힘도 없습니다. 생각할 필요도 없으며 질문할 필요도 없습니다. 책임진다는 것은 매우 무겁고 어려운 일입니다. 책임을 다한다는 것은 사명감을 가진 사람만이 할 수 있습니다. 그래서 아무나 할 수 없는 것입니다. 책임을 삶의 원동력으로 승화시킬 수 있는 사람이 주인인 것입니다.

책임을 진다는 것은 잘못된 부분을 자신의 탓으로 돌릴 줄 아는 것입니다. 회사가 망했다면 누구 탓입니까? 대표의 잘못입니다. 직원의 문제, 시스템의 문제, 관리상의 문제……. 여러 가지 문제들이 발생하지만 그것을 관리하지 못하고 미연에 방지하지 못한 대표 탓인 겁니다. 가정이 파탄이 났습니다. 아이들 탓입니까? 부부 탓입니다.

책임을 진다는 것은 잘못된 결과까지도 끌어안는다는 것입니다. 본인이 한 말에도 책임을 지지 못하는 사람들이 있습니다. 분명 본인이 한 일임에도 아니라고 발뺌을 하고 변명을 합니다. 아이를 낳아놓고 버리는 부모가 있고 휴가철이 되면 버려지는 반려견들이 있습니다. 사랑한다고 하면서 책임은 지지 않으려 합니다. 부정부패를 지적하던 사람이 권력을 잡으니 자신의 부정부패를 교묘히 희석시킵니다. 비일비재하게 일상에서 일어나고 있습니다.

친미니 친일이니 친중이니 할 것 없습니다. 서로를 향해 식민지 근성이다 노예 근성이다 할 것 없습니다. 서로가 서로를 향해 지적질을 하며 무엇이 나쁘다 좋다 할 것 없습니다. 엉뚱한 곳에 적개심을 품고 투쟁하고 비난할 때가 아닙니다. 나도 모르게 내가 노예처럼 살고 있는 것은 아닌지 살펴봐야 합니다. 나는 나의 주인으로 살고 있는지 물어야 합니다. 그것이 개인으로서의 존엄을 회복하는 첫걸음이 될 것입니다.

20

결혼을 졸업하기 전에

"졸혼이라고 아세요?"

평소 알고 지내는 청년이 물어왔습니다. 처음 듣는 낯선 단어입니다. 요즘은 재미있는 줄임말도 많고 희한한 신조어도 많습니다. 퀴즈 푸는 마음으로 유추해 봤습니다.

'이혼의 새로운 말인가? 결혼, 약혼 이런 쪽은 아닌 것 같고…….'

무엇인가 들어보니 결혼생활을 졸업한다 하여 졸혼이라고 한답니다. 생각해보지 못했던 신개념입니다. 이혼하려면 골치 아픈 것이 많으니 간단하게 몸만 헤어지는 거랍니다. 법적으로 이혼하려면 각자 변호사 선임하고 소송하면서 지난 과거 다 들춰내어 시끌벅적한 감정싸움으로 곧잘 번진다고 한답니다. 그렇게 서로에게 최대한 흠집을 내어야 재산 분할에 유리하니 그러한 과정 없이 깔끔하고 속 편하게 갈라서는 거랍니다. 비용도 만만찮고 시간도 오래 걸리고 증명해야 할 서류도 복잡하니 있는 재산을 합의해서 나누고 따로 떨어져서 사는 것이지요. 세상이 바뀌다 보니 요즘은 복잡한 것을 간소화시키다 못해 이런 것도 쉽고 간편해지는구나 싶었습니다. 법적으로는 결혼한 상태이지만 이혼한 것처럼 남남으로 사는 것이 졸혼이었습니다.

이혼도 요즘 세대에 맞게 합리적이고 현실적으로 진화하는 것 같습니다. 오랜 시간 정붙이고 살다가 그렇게 갈라선다는 것이 씁쓸하다는 생각이 들었습니다. 사람마다 말 못할 각자의 사연이 다 있기 마련이니 그것이 옳다 그르다 말은 못하겠습니다. 그런데 제가 놀란 부분은 따로 있었습니다. 졸혼의 50% 이상이 젊은 부부가 아닌 중·노년층이라는 겁니다.

졸혼이든 이혼이든 별거든, 결혼 생활이 유지되지 못하는 사람들이 늘어가는 것 같습니다. 사람이 사랑해서 결혼한다고 하지만 결혼생활은 현실입니다. 오색찬란한 꽃길이 펼쳐지는 꿈같은 세상이 아닙니다. 피곤하고 부대끼고 불편한 것도 있지만 감수하는 생활을 함께 하는 것입니다. 삶이 만만치 않은 것처럼 생활도 만만치 않습니다. 결혼생활이든 직장생활이든 어떤 생활이나 단어만 다를 뿐 같은 말입니다.

태어나면서부터 죽음이 시작되듯이 결혼하면서부터 이혼도 같이 따라 옵니다. 창업을 하면 파산도 같이 따라오는 것을 알고 위험관리를 해야 하는 것입니다. 사랑은 영원히 불변한다고만 생각하는 것은 위험관리를 하지 않는 것과 마찬가지입니다. 결혼은 그저 달콤하기만 한 사랑놀이가 아닙니다. 길고 긴 때로는 고통스러운 삶의 과정을 누군가와 함께 하는 것입니다. 양면이 존재한다는 것을 잊고 달콤한 것만 생각하면 이별은 쉽고 빠르게 다가옵니다. 사랑과 더불어 따라오는 고통을 감내해야 사랑이 지속될 수 있습니다.

느지막이 졸혼을 선택하는 가장 큰 이유가 자신의 삶이 소중하기 때문이라고 합니다. 그 말은 그간 자신의 삶을 살아오지 못했다는 것을 뜻합니다. 그리고 자신의 삶이 소중하게 여겨지지 못했다는 반증이기도 합니다. 이제는 자신의 삶을 살고 싶다는 말입니다. 자기 자신을 소중히 여기며 살고 싶다는 의지가 내포되어 있습니다. 자신의 삶을 소중히 여기고 누군가에게 소중히 대함을 받고 싶다면 무엇을 해야 하는가 생각해봤습니다.

삶에 유익이 되는 것과 해가 되는 것이 있을 겁니다. 삶이 소중하다면 내 삶에 유익이 되는 것을 늘리고 해가 되는 것을 줄여나가야겠지요. 그것이 물질이든 환경이든 사람이든 상관없이 말입니다. 그래서 제가 생각해낸 방법은 이것입니다.

결혼을 졸업하는 것처럼 나를 졸업해야 합니다. 내 안에 졸업시켜 떠나 보내야 하는 것들이 있습니다. 위선, 나태함, 강한 말투, 부정적인 생각, 게으름, 질투, 고집, 허영, 욱하는 성질……. 자신을 정말 소중히 여긴다면 상대를 떠나보내기 전에 먼저 해야 할 것들이 있습니다.

가장 시급하게 졸업시켜야 할 것들은 결국 자신 안에 있는 것들입니다. 만약 상대가 싫어하던 내 모습들, 누군가 얘기해주었던 내 안의 불합리한 것들, 마땅히 나를 위해서 스스로 졸업시켜야 했던 것들을 졸업시켰다면 결혼은 졸업할 필요가 없지 않았을까 하는 생각이 들었습니다.

부부관계는 당사자만 아는 것이라 이렇게 말을 하면서도 조심스럽습니다. 누구의 탓을 하려는 의도도 아닙니다. 다 각자의 입장이 있고 특정한 상황이 있는 것도 압니다. 그 사연들이 별일이 아니라고 말하는 것도 아닙니다. 다만 평소에 상대가 원하는 것들에 조금 더 귀를 기울이고 내 안에 버려야 하는 것들을 찾아내 미리 졸업시켰다면 조기에 결혼을 졸업할 필요가 없지 않았을까 싶습니다.

상대보다 나 자신을 위해서 나를 졸업했더라면 오히려 결혼생활이 더 행복해지지 않았을까 싶습니다. 저는 오늘 작심을 하고 자세히 들여다봐야겠습니다. 제 안의 무엇을 일순위로 졸업시켜야 하는지 말이지요.

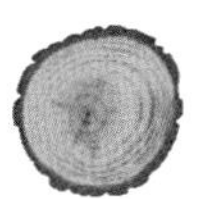

21/ 인생 조각하기

22/ 미치는 자만이 도달하는 세계

23/ 균형 잡힌 사람은 쏠리지 않는다

24/ 구분하기 위해서 배운다

25/ 나도 내가 마음에 안 들어

26/ 기억 덩어리

27/ 우리가 선악을 구분할 수 있을까

28/ 나 없음 안된다니까

29/ 신앙은 책 속에 있지 않다

30/ 과거 현재 미래는 동시에 일어난다

제3장

오늘이라는 가능성

21

인생 조각하기

미남미녀를 보고 '조각 같다'라는 표현을 쓰곤 합니다. 이른바 지구상에 존재하지 않을 것 같은 외모를 가진 사람들을 말하지요. 어쩌다 머리를 자르러 들른 가게에서 잡지를 집어 들 때면 제가 봐도 조각만큼이나 완벽하게 느껴지는 모델을 보기도 합니다.

지천에 흔히 볼 수 있는 것이 돌입니다. 하지만 그 돌을 보고 작품이라고 부르지는 않습니다. 돌덩이를 그대로 놔두면 작품이 안 됩니다. 그저 수많은 돌 중 하나일 뿐입니다. 아름답게 구상한 것 이외의 나머지 모든 것을 쪼아내는 것이 조각의 기본입니다.

한번은 지인이 조각하는 것을 가까이서 본 적이 있습니다. 조각가들은 구상 후에 그에 적합한 돌을 먼저 찾습니다. 가장 아름다운 것, 세상에 하나밖에 없는 작품을 구상하고 작업에 들어갑니다. 이리보고 저리보며 어디를 더 손봐야 할지 고심하며 정성스럽게 쪼아냅니다. 혹여 빗나갈까 손에 힘을 주었다 빼었다 반복하는 과정을 지켜봤습니다. 각도는 제대로 맞는지, 깊이는 적당한지, 한 군데를 파내고서도 여러 번 세심히 살펴봅니다. 그 과정을 보고 있자니 '혼이 깃든다'는 말이 어렴풋이 와 닿았습니다. 우리 인생도 마찬가지구나 싶었습니다.

황금비율에 맞춘 완벽한 조각과 같은 인간은 사실 없습니다. 비대칭인 곳이 분명 있지요. 그러나 인생도 조각하듯이 스스로를 만드는 과정임은 틀림없습니다. 들어갈 데가 들어가고 나올 데가 나와야 작품이 멋스럽습니다. 안 좋은 것을 자르고 깨어 내는 과정입니다. 자신을 조각해 작품으로 만들려면 당연히 아플 수밖에 없겠다는 생각이 듭니다. 스스로 자기 몸을 잘라내고 깨고 닦는데 안 아플 수 있겠습니까? 아프지만 정교하게 다듬는 만큼 자신이 만들어지고 아름다워지며 갖춰집니다.

저를 돌아보면 잘못된 습관이나 과도한 욕망, 알게 모르게 박혀있는 고정관념, 자신과 상대를 배려하지 않은 거친 말들, 순간 욱하는 행동들……. 잘라버리고 깨 버려야 할 것이 너무나 많습니다. 또 잘라버리고 깨버리는 것만이 능사는 아닙니다. 잘하는 것은 더 잘하기 위해서 노력해야 합니다. 자신에게만 있는 장점과 좋은 것들은 더 향상시키고 발전시키기 위해 단련해야 합니다. 조각할 때 코를 높이려면 코 옆에 있는 부분을 더 파내야 높아지듯이 잘하는 것을 더 잘하려면 불필요한 것을 버리고 잘하는 것에 집중해야 합니다.

내 몸 하나 관리하는 것도 쉽지 않습니다. 날씬하고 건강하게 만들려면 덜 먹고 운동을 많이 해야 하는 것은 누구나 알고 있는 상식입니다. 굳이 의사에게 묻지 않아도 아는 것들이 있습니다. 일찍 일어나고 제때 균형 잡힌 식사를 해야 몸에 좋은 것은 누구나 압니다. 어떤 음식과 음료가 몸에 안 좋고 어떤 생활패턴이 몸을 상하게 하는지 다 알고 있습니다. 자신의 몸에 술과 담배가 나쁘다는 것을 알면서도 끊지 못하는 분들도 많습니다.

문제는 이미 알고 있어도 실제 하기가 쉽지 않다는 것이지요. 알고 있는 상식대로 일주일을 살기도 힘듭니다. 그러니 새해가 되면 부푼 마음을 안고 올해는 반드시 이루리라 하는 결연한 다짐을 하며 계획을 세웁니다. 그리고 며칠 못 가 그 계획은 온데간데없이 사라집니다. 제가 아는 분 중에는 365일 다이어트를 하시는 분이 있습니다. '아. 다이어트해야 하는데. 다이어트는 내일부터!'라는 말을 달고 사십니다. 몸 하나 생활 하나 만들기도 힘든데 인생 만들기는 어디 쉽겠습니까. 세상만사 힘들지 않은 것이 없고 그냥 되는 것도 없습니다.

저는 요즘 노는 것도 힘들다는 생각이 듭니다. 마냥 즐겁고 재미있는 것 같지만 노는 것에도 엄청난 에너지와 돈이 들어갑니다. 여행이 좋다고 하지만 여행만큼 피곤한 것도 없습니다. 여행이 즐겁긴 하지만 그 즐거움을 만끽하려 돈 주고 고생하러 떠나는 것이지요. 체력이 받쳐줘야 하고 시간을 내야 하고 갈 곳을 찾아야 하고 이동해야 합니다.

자기 인생을 멋있게 구상하고 만들려면 분명히 아프고 힘든 지점이 있습니다. 힘든 것을 재미있게 만드는 방법을 찾아야 합니다. 마라톤, 축구, UFC 같은 경기를 볼 때가 있습니다. 에베레스트 같은 높은 산을 등반하는 것을 본 적도 있습니다. 그저 보고만 있어도 쉽지 않아 보이는데 직접 하는 사람들은 얼마나 힘들겠나 싶습니다.

그분들에게 얼마나 고통스럽고 아프냐고 묻는다면 뭐라고 대답할까 궁금해집니다. 그러나 그들은 힘들지만 재미있다고 합니다. 힘든 시간을 이겨내 만끽하는 성취감과 자부심은 뼈를 깎는 고통에도 동기 부여가 됩니다. 자신이 좌절하는 지점을 극복해가는 과정은 스스로를 변화시키는 자긍심으로 승화됩니다.

또 한 가지 재미있는 포인트가 있습니다. 타인을 재미있게 해주려고 노력하다보면 내가 재미있어진다는 것입니다. 나 혼자 재미있고, 나 혼자 행복하고, 나 혼자 잘 살려고 하니 자기 만들기가 더욱 힘든 것입니다. 타인을 재미있게 해줄 수 있다면 그 인생은 자연히 아름다워집니다.

조각의 묘미는 아이러니하게도 내가 아프다는 것에 있습니다. 타인을 재미있고 행복하게 해주려면 가끔 내가 힘들고 양보해야 합니다. 그리고 때로는 아픕니다. 아픔이 있고 나야 아름다운 작품이 나오듯이 인생도 조각하듯이 자기를 만드는 인고의 과정이 있어야 제대로 만들어집니다.

조각은 한번 만들어지면 변하지 않습니다. 아쉽게도 인간은 만들어져도 변하기 쉽습니다. 잘 만들었다 싶어도 관리를 제대로 안 하면 또 금방 망가지기도 합니다. 조각이 변하지 않아서 좋은 것 같지만 사람은 만들어졌어도 노력하면 더 잘 만들어질 가능성이 있습니다.

아침저녁으로 생각과 감정이 바뀝니다. 작심 3일이라는 말처럼 평생 갈 듯 의지를 불태우지만 3일도 안되어 꺾이기 마련입니다. 매일 밥을 먹는 것처럼 항상 자신을 돌아보고 날마다 갈고 닦아야 합니다.

저는 조경을 하기 위해서 나무도 기르고 돌을 쌓습니다. 에베레스트산에 오르는 것처럼 극한 고통을 견뎌야 하는 것은 아니지만 이것도 정말 쉽지 않습니다. 그러나 구상하는 재미, 키우는 재미, 조화롭게 하는 재미, 부족한 것을 채우는 재미가 있습니다. 완성되었을 때의 모습을 상상하며 남모를 즐거움을 느낍니다. 구상하면서 즐거운 상상에 빠집니다. 키우면서 자연의 섭리를 배워갑니다. 나무와 돌을 조화롭게 배치하면서 인생의 조화로움을 깨닫고 있습니다. 부족한 것들을 채워가며 사람에게 정말 필요한 것이 무엇인지 알아갑니다. 힘은 들지만 애쓰는 것만큼 눈에 변화가 보이니 할 맛이 붙습니다.

인생 조각도 힘들지만 재미있게 할 수 있습니다. 재미없다 하면 재미없는 것입니다. 재미없는 요소를 찾아서 재미있게 만들면 재미있어집니다. 인생에는 재미가 있어야 마땅합니다. 생각을 어떻게 하느냐에 따라 똑같은 상황에서도 재미있어질 수도 있고 괴로워질 수도 있습니다.

삶에 정답은 없습니다. 마찬가지로 조각품은 이래야 한다는 기준도 없습니다. 개성대로 자신을 조각하면서 나를 만드는 재미도 찾고 조각할수록 멋있어지니 일석이조가 아니겠습니까. 그만 꿈꾸고 실제로 행동해 보세요. 구상이 있다면 자신에게 그 구상을 실현해 보고 구상이 없다면 백지 위에 그림을 그리듯 구상해 보세요. 분명 재미있어질 겁니다.

22

미치는 자만이 도달하는 세계

인생을 돌아보니 아쉬운 것뿐입니다. 성실하게 열심히 살아왔습니다. 몸이 부서져라 일을 하니 금전적으로 큰 부족함은 없었습니다. 처음 집 떠나던 날이 생각납니다. 저는 어려서 객지로 나왔습니다. 집을 나서겠다고 했을 때, 아버지가 하신 말씀이 지금도 귀에 생생합니다.

'세끼 밥 먹기가 쉽지 않다. 집 나가면 고생이다.'

두 마디였습니다. 뒤돌아보니 부모님의 삶처럼 그저 묵묵히 살아서 굶지 않고 산 것입니다. 아버지 말씀대로 근근이 세끼 밥은 먹을 수 있는 삶을 살아온 것입니다. 삶의 무대가 부모님은 시골이었고 저는 도시라는 차이뿐이었습니다. 부모님이 살아오신 삶과 백지장 차이도 나지 않았습니다. 어른들이 '다 먹고 살자고 하는 것이다'하면 '맞습니다' 했습니다. 겨우 먹고 살기 위해서 살아온 것입니다. 나 자신의 길을 개척하지 못하고 부모님이 살아온 방법대로 살아온 것입니다. 그런 길을 벗어나서 새로운 길을 개척한 사람들은 나와 차원이 다른 삶을 살고 있습니다.

어느 날인가 자녀들에게 '성실하게 열심히 살아라' 하고 말하는 저를 발견했습니다. 문득 제가 아버지에게 들은 이야기가 떠올랐습니다. 배운 것이 이것뿐이라 가르칠 수 있는 것도 이것뿐인가 싶었습니다. 마음 한편이 착찹해졌습니다. 저의 아버지도 아마 할아버지한테 배운 말씀일 것입니다. 아버지 세대에 맞는 말을 1세기가 지난 이 시대에도 내 자식들에게 하고 있는 것입니다. 이미 효용가치가 없고 박물관에 전시해야 할 것들입니다. 제가 살아온 삶도 이미 폐기처분해야 할 것인데 아버지가 가르쳐주신 삶, 겨우 먹고 살기 위한 가르침을 가르치고 있었던 것입니다.

부모님의 시대는 전쟁의 폐허에서 살아남아야 했던 환경이었습니다. 그 시대는 밥 한 끼를 편안하게 먹을 수 없던 때였습니다. 그래서 하루 세끼 먹는 것이 중요했던 겁니다. 먹고 살기 위한 필사적인 생존의 시기였습니다. 제가 기억하는 어릴 적의 풍경도 치열하게 먹고 살며 허기를 채워야만 하는 생존의 날들이 이어질 때였으니까요. 이제 저는 자식들에게 성실하게 열심히 살아가라고 하지 않습니다.

'네가 좋아하는 것을 찾고, 잘하는 것을 하고, 하고 싶은 것을 하며 살아가라. 다른 사람들이 좋아하는 것을 네가 굳이 좋아할 필요가 없다. 사회가 인정하는 것을 따라 하려고 애쓰지 마라. 가능하다면 네 길을 스스로 개척해 보아라.' 합니다.

한번 살고 끝나는 인생, 만물의 영장인 인간으로 태어났으면 후회 없이 살아야지요. 이 눈치 저 눈치 다 보면서 질질 끌려다니듯 살면 되겠습니까? 진정 하고 싶은 것을 하는 겁니다. 스스로 선택한 것이니 하다가 안 되어도 후회는 없는 겁니다. 또 혹여 안 되면 어떻습니까? 길이 하나가 아니잖아요. 연계된 또 다른 길을 내보는 겁니다.

인생을 마무리할 때가 되어보니 저는 무언가에 미쳐보지 못했다는 것을 알았습니다. 한 번이라도 무엇인가에 미쳐 봤으면 좋겠는데 말입니다. 일은 미친 듯이 했지만 그것은 입에 풀칠하기 위한 궁여지책이었습니다. 좋아서 미쳐 본 것이 없습니다. 무언가에 빠지지 않으려 항상 경계하며 스스로 통제하며 살아왔기에 미친다는 느낌이 무엇인지 잘 모릅니다. 그것이 아쉽습니다.

아무것도 보이지 않고 오직 그 한 가지만 보인다는 것은 엄청난 집중력을 가져옵니다. 밥을 먹지 않아도 배고픈 줄 모르고 잠을 자지 않아도 피곤하지 않을 정도로 무언가에 몰두하는 사람은 그 지점에서만 얻을 수 있는 것을 얻습니다. 어떤 것이든 정점을 찍은 사람은 다른 것에도 정점을 찍을 수 있습니다. 정점에서의 느낌을 압니다. 그래서 다시 미칠 수 있는 겁니다.

불광불급不狂不及, 미치지 않으면 미치지 못한다는 말입니다. 남들이 미치지 못하는 경지에 도달하려면 그것에 미쳐야 합니다. 사람은 미쳐야 뭔가를 이루어 낼 수 있지만 미치는 일이 쉽지 않습니다. 사람은 보통 좋아하는 것에 미칩니다. 빨리 미치는 방법은 좋아하는 것, 잘하는 것에 집중하는 것입니다. 미쳐야 새로운 길을 열 수 있습니다.

세상은 만만치 않습니다. 그냥 대충해서는 50년 전, 100년 전 사람들처럼 세끼 밥만 먹고 살 뿐입니다. 지금은 시대가 바뀌었습니다. 지금 시대에도 과거 사람들처럼 산다면 슬픈 일입니다. 개성대로 능력을 인정받는 시대가 왔고 변화의 속도는 그 어느 때보다 빠를 때입니다.

과거에는 10년 만에 새로운 개념의 일자리가 생겼다면 지금은 1년 사이에도 별별 직업군들이 새로 생겨납니다. 그만큼 도전하고 미칠 수 있는 분야가 많아진 것입니다. 새로운 미래는 이런 사람들을 통해 이루어집니다. 현실에 안주하지 않고 개척하는 사람들을 통해 발전하기 때문입니다.

여기에 한 가지 더 중요한 것이 있습니다. 고도의 집중력을 발휘해서 무언가에 몰두할 수 있다는 것은 인간이 가진 특권입니다. 행복지수가 높은 사람들의 공통점이 무엇이라고 생각하시나요? 돈이나 명예, 권력 같은 것이라고 생각하시나요? 아닙니다. 몰입에 있습니다. 사람들은 무언가를 위해 집중하고 단계적 목표를 달성할 때마다 행복을 느낍니다. 집중하고 작은 성취를 반복하는 과정에서 미쳐갑니다.

몰입을 하게 되면 어느 순간 자신을 잊어버리게 됩니다. 옆에서 지켜보는 이에게 광기로 보일 만큼 주변을 의식하지 않는 수준으로 들어갑니다. 본인이 일하고 있다는 사실조차 의식하지 못하고 어디에 있는지 망각하게 되고 시간에 대한 감각조차 느끼지 못하게 됩니다. 규칙적인 질서로 이루어진 시공간을 뛰어넘는 경험을 하게 되는 겁니다. 물리적으로 체감할 수 있는 오감의 개념을 넘어서는 단계에 이르게 되는 겁니다. 그것이 살아있는 진정한 자신을 느끼는 방법입니다.

좋아서, 너무 좋아서, 미쳐버리지 못했던 것이 아쉽습니다. 미칠 때 도달할 수 있는 그 정점에 느낄 수 있는 환희를 경험하지 못한 것이 못내 가슴에 남습니다. 당신은 이런 아쉬움이 없으면 좋겠습니다.

23

균형 잡힌 사람은 쏠리지 않는다

필요한 것이 있어 백화점에 들렀습니다. 매장에서 남녀가 언성을 높이고 신경전 같은 대화를 하고 있었습니다.

"바로 지난주에 샀잖아. 그거랑 이거랑 뭐가 달라?"

"디자인이 다르잖아. 여기 봐봐. 다른 거 안 보여?"

"거의 똑같은 건데. 이걸 왜 또 사야 해?"

"어제 미희 집에 갔는데 이게 있더라고. 너무 예쁘지 않아?"

충동구매 중입니다. 한 명이 지난주에 산 커피머신과 이것이 어떻게 다른지, 왜 사야 하는지 설명하고 있습니다. 다른 한 명이 고개를 절래 절래 흔들며 카드값이 한도에 다다랐다며 어떻게든 말려봅니다. 결국 그 남녀는 카드를 긁고 매장을 떠났습니다. 나는 그들의 뒷모습을 보면서 친구 따라 강남 간다는 옛말이 떠올랐습니다.

불필요한 물건인데도 좋아 보이니 구입합니다. 남들이 가지고 있으니 본인도 있어야 할 것 같습니다. 돈이 없으면 카드를 긁어버립니다. 옆집 아이가 학원에 다니면 우리 집 아이도 학원에 보내야 합니다. 무언가 새로운 교육법이 나오면 우리 아이만 모르게 될까 봐 전전긍긍하며 휩쓸립니다. 처리할 일이 있어도 친구가 어디 같이 가자고 하면 따라갑니다. 생각 없이 같이 가 시간을 보내고 생각지 않았던 물건을 덩달아 사 들고 돌아오곤 합니다. 남이 하면 좋아 보이고 남의 것이 커 보이는 법입니다. 자신이 가진 것을 남들이 부러워하거나 갖고 싶어 할 것이라는 생각은 안 합니다.

다른 사람들이 다 하는 데 내가 안 하면 큰일 나는 줄 압니다. 뒤처지는 것 같기 때문입니다. 자신에게 맞는 것인지 안 맞는 것인지 고민하지 않습니다. 일단 하고 봅니다. 지난 후에 보면 정작 자신에게 필요한 할 일이 그냥 쌓여 있습니다. 충동 구매한 카드고지서가 날아 옵니다. 때로는 내가 여기에 왜 왔는지, 무엇을 하고 있는 건지 알지 못한 채 살아갑니다. 그렇게 작은 후회들이 자신도 모르게 반복됩니다. 후회를 하는 사람은 그래도 괜찮은 편입니다. 무엇이 잘못된 것인지도 모르거나 아예 문제를 인지하지 못하는 사람들도 많습니다.

특정한 행동 양식이나 사상이 빠르게 널리 퍼지는 것을 유행이라고 하지요. 아마도 유행 속도는 우리나라가 전 세계에서 1위인 것 같습니다. 받아들이는 것도 빠르고 전환하는 속도도 빠릅니다. 그래서 우리나라가 급속한 발전을 단시간에 이루어낸 것도 사실입니다.

받아들이는 것을 잘한다는 것은 장점입니다. 문제는 받아들이고 끝난다는 데 있습니다. 받아들인 기반 위에 새로운 것을 창조한 것이 있는가 떠올려봤습니다. 세계 속에서 유행을 만들어낸 것은 무엇이 있는지 생각해 봤습니다. 저는 특별히 떠오르는 것이 없습니다. 물론 K팝 같은 대중문화가 예전에 비해 널리 알려지기 시작했습니다. 문화를 이끌 수 있는 제품, 아이폰 같은 것을 우리는 왜 새로운 문화로 유행을 창조해 내지 못하는가 아쉬웠습니다.

아마도 따라가는 것에 익숙해있기 때문일 것입니다. 받아들이고 수용하고 따라가는 것은 잘합니다. 그래서 유난히 우리나라 사람들이 잘 쏠립니다. 이것이 좋다, 이것이 새로 나왔다 하는 것에 반응이 빠릅니다.

그러나 남들에게 맞는다고 내게도 맞는 것은 아닙니다. 누군가에게 필요하다고 내게 필요한 것도 아닙니다. 타인의 행동이 기준이 되어 휘

둘리는 경우가 많습니다. 타인의 생각이 나의 생각이 되어버리기도 합니다. 혹여 본인도 모르게 무언가에 쏠리고 있다면 무엇이 자신을 움직이는지 들여다봐야 합니다. 자신의 판단인지 남의 판단을 가져온 것인지 말입니다.

차원이 높은 사람은 균형이 잡혀있습니다. 자기 것을 소중히 여기고 신중하게 판단합니다. 그러기에 쉽게 남을 따라가지도, 휩쓸리지도 않습니다. '이것이다' 혹은 '아니다'라고 쉽게 단정 짓지 않습니다. 여러 가지를 고려하고 자신이 처한 상황을 생각합니다. 가치보다 팩트를 중요하게 생각합니다. 자신의 선택이 미칠 영향을 염려하기에 행동과 말이 신중합니다. 현상에 쏠리지 않고 감정에 치우치지 않습니다. 본질을 파악하기에 평정심을 잃지 않습니다.

나도 모르게 우르르 쏠리고 있다면 내 생각이 어디에 쏠려있는지부터 확인해 봐야 합니다. 왜 쏠리고 있고 이런 느낌은 어디에서 왔으며 그것이 본인에게 무엇을 의미하는지부터 생각해야 합니다. 자신에게 담겨있는 것이 무엇인지 알 때 그 힘은 균형과 창조를 함께 일으킬 것입니다. 한쪽으로 기울어져 쏠리다 보면 쓰러지기 마련입니다. 남의 시선을 따라 같이 쏠리기보다 자신의 생각과 행동에 관심이 쏠려야 하는 것이 먼저가 아닐까 싶습니다.

24

구분하기 위해서 배운다

얼마 전, 지인의 손자가 두 살 나이에 영어를 배우고 있다는 소리를 듣고 깜짝 놀랐습니다. 가정들마다 추구하는 바가 다르고 교육방식이 차이가 나는 것은 알고 있었지만 저는 충격이었습니다. 두 살 배기가 무엇을 안다고 영어를 가르치나 싶었습니다. 영어가 그리 중요하면 미국으로 이민 가는 편이 낫겠다고 했습니다. 행복하게 뛰어놀아야 할 나이에 영어를 배운다고 생각하니 저는 그 아이가 마냥 불쌍하게 보였습니다.

지인이 말하길 글로벌시대에 살아남기 위해서라고 합니다. '글로벌시대' 그것이 정확히 무엇을 말하는 것인지는 잘 모르겠습니다. 제가 굳이 표현한다면, 세계화가 되었으니 외국의 엘리트들과 견줄만한 경쟁력을 갖춰야 한다는 정도의 의미로 해석하고 있습니다.

저는 제 아이들에게 공부를 강요하지 않습니다. '공부 안 하면 바보처럼 산다, 네가 우습게 여기던 친구 회사에 가서 경비 생활하며 산다.'고 겁주지도 않습니다. 아마 제가 세상 변한 것을 모르고 글로벌시대를 제대로 이해 못해서 그렇게 얘기 했을지 모릅니다. 아이들은 즐겁고 행복하게 크는 것이 최고라고 생각하고 가르쳤습니다.

사람들은 왜 그렇게 치열하게 가르치고 배우려고 할까 고민해 봤습니다. 아마도 삶의 질을 높이고 잘 먹고 잘 살고 생존하기 위해서 배울 겁니다. 산에 가서 나물을 뜯거나 버섯을 따고 산삼을 캐더라도 어떤 것이 맛있는 나물이고 어떤 것이 독버섯인지, 산삼인지 도라지인지 구분해야 하기 때문입니다.

우리는 날마다 구분하며 살아가고 있습니다. 내 몸에 맞는 것과 아닌 것, 먹어야 할 것과 먹지 말아야 할 것, 함께 할 사람과 함께하지 못할 사람, 해야 할 것과 해서는 안 되는 것도 구분해야 합니다. 지금이 어떤 시대인지도 구분할 줄 알아야 하고 믿을 수 있는 사람이 누구인지도 구분해야 합니다.

구분하는 것은 먹고 마시는 것처럼 아주 기초적인 구분입니다. 어른들은 이런 말씀을 하십니다. '앉을 자리 설 자리를 구분해라.' 그러나 이것은 결코 쉽지 않은 이야기입니다. 있어야 할 곳과 아닌 곳을 구분하는 것은 사실 다 큰 성인들도 잘 못하는 사람들이 많습니다. 지식이 있어야 하고, 눈치가 있어야 하고, 상대의 마음을 읽을 줄 알아야 합니다. 나에 대해서 알아야 하지만 남과 세상에 대해서도 알아야 합니다. 갈 길이 있고 가지 말아야 할 길이 있습니다.

진짜 문제는 배운다고 다 아는 것이 아니라는 겁니다. 배워서 충분한 지식을 가지고 있어도 그것을 활용하지 못하면 배우나 마나입니다. 실제로 무엇이 더 중요하고 왜 더 중요한지 인식하고 선택할 수 있어야 합니다. 그렇게 구분하는 행동력이 없으면 안 배우느니만 못합니다.

사람들이 배운 만큼 고상해지고 아량이 넓어지고 세상을 보는 혜안을 갖게 되지는 않습니다. 저는 못 배웠지만 정말 배운 자들을 보면 공통점이 있습니다. 단 하나라도 배운 지식을 자신의 것으로 만들어 체화하고 운용합니다. 배운 대로 살아보는 행동력이 삶에 묻어납니다. 그런 분들이 단순히 못 배웠다는 이유로 사람을 무시하는 것을 본 적이 없습니다. 값진 지식이 실력이 되었고 인격이 되었기 때문입니다.

외국어를 얼마나 많이 할 줄 알고, 얼마나 많은 책을 읽고, 얼마나 많은 지식을 쌓았는가 하는 것이 중요한 것이 아닙니다. 구분할 줄 아는 감각을 키워줘야 합니다. 다양한 선택지에서 최선의 선택을 하게 하는 것, 자신에게 맞는 선택을 하게 구분하는 법을 배워 익혀 지식이 자신의 것이 되게 해야 합니다.

구분하는 것은 지식의 습득에서 오지 않습니다. 저는 두 살짜리 아이가 영어를 배우는 것보다 친구들과 어울리고 다투고 넘어지며 배우는 것이 더 크다고 생각합니다. 학원에서 선생님을 마주하고 단어를 외우는 것보다 부모와 친구들과 마주하며 세상을 구분하는 법을 익혀가는 것이 더 유익하다고 생각합니다. 그 관계에서 오는 다양한 감정과 갈등 속에서 무엇이 좋고 무엇이 나쁘며 왜 그런지를 부딪쳐 가며 삶을 배우는 것이 더 값지다고 생각합니다.

야밤에 전쟁터에서 적과 아군을 구분하는 능력이 있어야 살아남듯이 삶이라는 전쟁터는 훨씬 더 복잡하고 구분하기 어렵습니다. 배운다는 것은 지식을 수집하듯이 쌓는 것이 아니라 배운 지식을 삶에서 적절하게 활용하는 것입니다. 외국의 엘리트들과 견줄만한 경쟁력은 단순한 지식의 양이 아닌 구분의 작동방식에서 나옵니다.

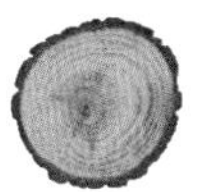

25

나도 내가 마음에 안 들어

결혼하기 며칠 전이었습니다. 늦은 밤, 어머니께서 저를 부르셨습니다. 뭐가 그리 급하다고 이 시간에 부르시나 했습니다. 어머니는 곰곰이 생각에 잠기신 듯 어둠이 깔린 창밖을 가만히 보고 계셨습니다. 어머니 앞에 앉았습니다.

"범석아, 내가 결혼하고 근 60년을 살았다."

"갑자기 무슨 말씀이세요?"

"내 말을 잘 듣거라."

"네."

"그동안 내가 얼마나 많은 밥을 했겠냐? 그런데 1년 중에 내 마음에 들게 밥이 된 것은 손에 꼽을 정도다. 살면서 절대 음식 타박하지 말아라."

어머님 말씀대로 음식 타박하지 않고 살았습니다. 저도 그럭저럭 70을 바라보는 나이가 되었습니다. 그간 사는 동안 얼마나 많은 것을 사용해 봤는지 모릅니다. 입는 것, 먹는 것, 자는 것, 생활에 필요한 많은 물건들을 소비하고 살아왔습니다.

하루를 살면서 몇 가지의 물건을 사용하는지 생각해 보았습니다. 신발, 전화, 자동차, 가방, 옷, 의약품, 책상, 소파, 텔레비전, 접시, 수저, 컵 등……. 헤아릴 수 없이 많은 생활용품을 사용하고 소비합니다. 그런데 참 재미있는 것은 무수히 많은 제품을 써봤는데도 마음에 쏙 드는 것이 그리 많지 않다는 것입니다. 옷장을 열어보십시요. 정말 마음에 드는 옷이 몇 가지나 있습니까. 여성분들은 빼곡히 들어차 있는 옷장 문을 열고서 '입을 옷이 없네' 이렇게 말한다고들 합니다.

옷 한 벌을 사러 백화점에 갔습니다. 분명 제 머릿속에는 원하는 옷이 있었습니다. 그런데 아무리 돌아다녀도 제가 원하는 옷을 찾기가 힘듭니다. 색상이 마음에 들면 디자인이 마음에 들지 않습니다. 옷감은 딱 제가 찾던 건데 길이가 너무 짧습니다. 다 마음에 드는데 단추의 위치가 마음에 안 듭니다. 어느 구석 하나는 거슬리는 것이 있습니다. 옷 한 가지만 봐도 이렇습니다. 머릿속에 있는 원하는 옷, 마음에 쏙 들어오는 옷을 찾는다는 것도 이렇게 힘듭니다.

물건뿐만 아니지요. 부모, 형제, 친구, 직장 동료, 선후배, 정치인 등등 내가 태어난 나라에서만 살아도 헤아릴 수 없이 많은 사람들을 만나면서 살아갑니다. 친분이 없어도 마주치는 사람들이 많습니다. 택시기사, 식당종업원, 공무원들에 이르기까지 가는 곳마다 사람들을 마주하게 됩니다. 그중 마음에 드는 사람이 얼마나 되겠습니까? 물건은 마음에 안 들면 안 사면 그만입니다. 사람은 그게 안 됩니다.

중고등부 학생들에게 제 이야기를 할 기회가 있었습니다. 학부모 입장에서 강연을 부탁받아 간 것입니다. 그 자리에 앉아있던 수백 명의 학생들에게 물었습니다. 자신의 부모님이 마음에 쏙 드는 사람 손들어 보라고 했습니다. 몇 명이 손을 들었을까요? 단 한 사람도 없었습니다. 저는 학생들에게 되물었습니다. 여러분들 부모 중에 자식이 마음에 쏙 드는 부모가 있겠냐고 물었습니다. 잠시 침묵이 흘렀습니다.

마음에 들지 않아도 내 자식이니 사랑하는 것입니다. 부모님들은 각자의 형편에서 최고로 잘해 주고 있다는 것을 알기 바란다는 말을 전했습니다. 부모 자식 간에도 마음에 안 드는 구석이 있는데 형제나 친지들 혹은 타인들은 어떻겠습니까? 일본의 영화감독 기타노 다케시는 이런 말을 했습니다.

'아무도 안 볼 때 쓰레기통에 처박아 버리고 싶은 것이 가족이다'

오죽하면 그런 말을 했을까 싶습니다. 가족도 이러한데 타인들은 말할 필요도 없습니다. 사람을 벗어나 산속으로 가서 혼자 살 수도 없습니다. 가끔 자연 속에 혼자 살아가는 분들을 텔레비전에서 봤습니다. 그분들이 선택한 삶을 존중하지만 저는 그렇게 살고 싶지는 않습니다. 인간은 자신의 선택범위 안에서 세상과 부딪히며 살아가야 하는 사회적 동물입니다. 어찌 보면 인간은 마음에 안 드는 세상천지에 살고 있습니다. 완벽하게 자기 마음에 쏙 드는 사람을 만나기란 거의 불가능합니다.

주변의 사람들에게 물어보십시요. 완전하게 마음에 드는 사람을 찾았는지, 그런 사람과 문제없이 살아가고 있는지 말입니다. 사실 물어볼 것도 없습니다. 표정만 봐도 압니다. 옷 하나도 정말 원하던 것을 사면 표정부터 달라집니다.

사람이 살다 보면 맘에 드는 것보다 마음에 안 드는 것이 많습니다. 야구를 해도 타자가 3할을 치면 잘 친다고 합니다. 10개 중의 7개는 허탕 친 것입니다. 축구도 슈팅하는 대로 다 골에 들어가지 않습니다. 아마 10개 중에 하나 들어가는 것도 쉽지 않을 겁니다.

또 다른 문제가 있습니다. 사람들은 형편이 안 되어도 좋은 물건을 사고 싶어 한다는 것입니다. 내가 못 생기고 못 가졌는데, 나보다 멋지고 예쁘고 많이 가진 사람을 만나고 싶어 합니다. 내가 못 배웠는데 배운 사람을 찾습니다.

육지에서 흐르는 강물이 다 바다로 흘러가도 바다를 채우지 못합니다. 바다보다 넓은 것이 인간의 욕망입니다. 시선은 언제나 밖으로 향해져 있습니다. 그렇다면 여러분은 자신이 마음에 쏙 드시나요? 정작 나는 나 자신이 마음에 드는지 스스로 물어보세요. 자신 있게 대답할 수 있는 사람이 몇 없을 겁니다. 자신이 원하는 물건을 찾기도 어려운 세상에, 마음에 드는 사람 찾기는 더 어렵습니다. 마음에 드는 사람 만나기 어려운 것 보다, 자신을 자신의 마음에 들게 만드는 것은 더더욱 어렵습니다.

26

기억 덩어리

누가 제게 물었습니다.

"사람이 무엇이라고 생각하십니까?"

"기억의 덩어리입니다."

"그게 무슨 말씀이신가요?"

"사람은 기억으로 존재하니까요."

나는 누구인가, 인간이란 무엇인가 이런 고민을 안 해본 분들이 없을 거라고 생각합니다. 저는 제가 기억 덩어리라고 생각합니다. 드라마나 영화를 보면 기억을 잃어버린 분들이 나옵니다. 과거를 잊어버리고 사랑하는 사람을 알아보지 못하는 사람. 사고를 당해서 기억을 상실하고 자신이 누구인지도 모르는 사람. 치매에 걸려서 살아온 모든 흔적이 지워진 사람. 어떤 과거가 있었는지도 모르고 현재 무슨 일을 하는지도 모릅니다. 부모가 누군지도 모르고 친구가 누군지 알아보지 못합니다. 제가 알기에 세상에서 가장 두렵고 무서운 병은 기억상실증, 치매입니다. 기억을 먹어버리는 병이니까요.

인간은 자기가 습득한 기억의 덩어리입니다. 자전거를 처음 탈 때의 기억, 학교를 졸업할 때의 기억, 무언가 원하던 것을 성취했을 때의 기억, 실패하거나 상실로 슬퍼했던 기억, 누군가를 잃은 기억, 무수히 많은 기억들이 쌓이고 모여 지금의 내가 있습니다. 그 과정 중에 노하우라는 것도 생기고, 신념이라는 것도 생기고, 자신만의 기준이라는 것이 생기면서 현재의 삶을 살아가게 합니다. 신비하고도 놀라운 것입니다.

기억이란 것이 참 재미있는 면도 있습니다. 기억들은 원형 상태로 있지 않다는 겁니다. 마치 똑같은 장소에서 똑같은 경험을 했어도 다르게 기억되는 것입니다. 시간이 지나면서 기억 위에 다른 기억이 덧입혀 지기도 합니다. 마치 모래처럼 계속 걸러지고 버려져서 본인이 기억하고 싶은 것만 기억하게 되기도 합니다. 예전의 좋았던 기억들을 다시 찾아

회상하려 해도 가물가물할 때가 있습니다. 기억에서 영원히 지워버리고 싶은데 툭하면 떠올라 괴롭게 만드는 기억도 있습니다. 저는 이런 기억일지라도 남아있는 게 좋습니다. 제가 인간임을 알게 하는 수단이기 때문입니다. 좋은 기억이든 나쁜 기억이든 기억할 수 있다는 사실이 감사합니다.

그러나 한 가지 기억하지 말아야 할 것이 있습니다. 누군가에게 준 것입니다. 베풀고 나누고 주었다면 기억하지 마십시요. 부모가 자식에게 해준 것을 기억한다면 부모가 아닙니다. 가끔 그런 부모가 있습니다. '내가 너를 어떻게 키웠는데', '너한테 들인 돈이 얼마인데 이것밖에 못하냐' 합니다. 본전 생각을 하는 겁니다. 자신이 수고하고 힘쓰고 애쓴 대가를 생각합니다. 그래서 그만큼 보상받고 싶어하는 겁니다. 그 순간은 부모가 아닙니다. 기억하면 안 됩니다.

인간관계에서 돈거래는 득보다 실이 많습니다. 금전은 오고가는 것이 바람직하지 않으나 혹여 여유가 있어서 급전이 필요한 친구에게 준 돈이 있다면 잊어버리세요. 친구를 도와줄 수 있는 만큼의 부담이 없는 선에서 주고 기억하지 마세요. 사랑하다가 떠나간 사람이 있다면 상대에게 해준 것을 기억하지 마세요. 자신이 해준 만큼 못 받아서 분노하고 억울해 할 것 없습니다. 다른 상대를 통해서 또 받게 됩니다. 타인을 위해서 한 것이 있다면 기억하지 마세요. 사회를 위해서 일하고 헌신한 것을 기억한다면 그것은 헌신이 아닙니다.

무언가 얻기 위해 했다면 진정 사랑해서 한 것이 아닙니다. 기억을 담는 그릇은 바로 당신 자신입니다. 당신이라는 귀한 그릇에 분노와 증오, 애통을 담지 마세요. 억울함에 사로잡혀 과거의 기억으로 당신을 가득 채우지 않기를 바랍니다. 현재를 잊지 않기 위해 오늘, 일상의 의미를 기억하세요. 기억해야 할 것은 내가 받은 사랑, 내가 받은 도움입니다.

밤하늘의 별을 보고 우주를 느꼈던 기억, 아침 햇살에 구름이 걷히는 장면에 평온했던 기억, 사랑하는 존재를 얻었던 기억으로 풍요한 존재가 됩니다. 들꽃 하나, 돌에 핀 이끼 하나까지 세상은 오늘도 새로움을 낳습니다. 새로운 기억으로 오늘, 더 새로운 존재가 되는 겁니다.

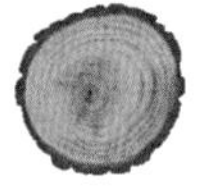

27

우리가 선악을 구분할 수 있을까

어떤 남자가 돈을 훔치다 현행범으로 잡혔습니다. 경찰서에서 수사를 하다 보니 수술비를 마련하고자 강도 짓을 벌인 것이었습니다. 자신의 딸이 당장 수술을 하지 않으면 죽게 되어 수술비를 구하려 백방으로 뛰어다녔던 것 같습니다. 도저히 안 되자 급박한 마음에 돈을 훔치게 된 사연이었습니다. 신문에 실린 이 안타까운 사건을 알게 된 사람들은 자발적으로 돈을 기부했습니다. 풀어줘야 한다는 여론이 우세해지면서 훈

방조치되고 사건은 종료되었습니다.

죄를 지은 사실은 분명했습니다. 그러나 죄를 죄로 보지 않은 사람들이 많았기에 그 같은 결론이 가능했을 것입니다. 많은 사람들이 '내가 저 남자였어도 그렇게 했을거야' 하고 공감을 했던 것 같습니다. 시대마다 사회 분위기에 따라 '죄'라는 것이 용납되거나 용납이 안 되는 어떤 마음의 기준선이 있는 것 같습니다.

인간의 생각이라는 것이 참으로 복잡합니다. 누구나 선하고 악함, 해도 되는 것과 하면 안 되는 것에 대한 보편적인 테두리가 있을 것입니다. 인간을 선하게 살게 하고, 범죄를 예방하기 위해서 법을 만듭니다. 법에 따라 사람의 행위를 심판하지만 진정한 선과 악을 구분하기가 쉽지 않습니다.

자식의 병원비를 마련하기 위해서 애간장 태우며 방법을 강구했지만 끝내 방법이 없을 때, 부모는 무슨 생각을 하는 것이 옳은 것일까요? 막다른 골목에 서 있을 때, 최악의 선택이지만 범죄자가 되어도 어쩔 수 없다는 심정으로 도둑질을 하는 것을 어떻게 봐야 하는 것일까요? 수술비가 없지만 법은 지켜야 하고 도둑질은 나쁜 짓이니 죽어가는 자식을 그저 바라만 본다면 그것은 또 어떻게 봐야 하는 것일까요? 사람들이 뭐라고 할까요? 아니, 사람들이 뭐라 하기 전에 당신에게 이런 일이 일어났다면 어떻게 하실 건가요? 이 두 가지 행동 중에 무엇이 선이고 악일까요? 저는 쉽게 대답하기 어려웠습니다.

법을 집행하는 사람들은 그것이 직업이니 법에 따라 처분할 것입니다. 만약에 제가 그런 조건에 있었다면, 다른 방법이 전혀 없었다면 교도소에 가더라도 남의 돈을 훔쳐 수술을 하게 했을 것입니다. 자식을 살리기 위해서 목숨도 아까워하지 않는 것이 부모라고 생각합니다. 기울어져 가는 나라를 살리기 위해서 다른 나라에 구걸도 할 수 있고 명분 없는 전쟁도 할 수 있는 군주가 백성을 위하는 지도자라고 생각 합니다.

이 사건을 보면서 인간의 판단을 믿을 수 없다고 생각하기 시작했습니다. 조금 더 정확히 말한다면 사람은 무엇이 선이고 악인지 제대로 구분하기 힘들다고 생각했습니다. 시대와 처한 환경에 따라서 선이 되기도 하고 악이 되기도 하기 때문입니다. 일본의 도요토미 히데요시나 이토 히로부미가 일본에서는 영웅일지 모르지만 우리에게는 천하의 죽일 놈입니다. 반대로 이순신 장군과 안중근 의사는 우리에게는 영웅이지만 일본에서는 원수라고 할 것입니다. 여기서는 영웅이지만 저기서는 악당이 되는 일이 비일비재합니다. 홍길동을 영웅으로 봐야 하는지 악당으로 봐야 하는지, 입장과 처한 상황에 따라 보는 시각이 다른 겁니다.

우리나라는 근대화가 시작되면서 짧은 기간 동안 급격한 사회변동을 겪었습니다. 그 사이 발생한 많은 사건들이 있습니다. 분명 하나의 사건임에도 입장과 처한 상황에 따라 진실이라 말하는 사람이 있고 거짓이라고 말하는 사람이 있습니다. 무엇이 진실이고 거짓인지도 구분하기 힘듭니다. 이런 현상들이 역사적 사건에서만 목격되는 것은 아닙니다. 우리가 일상을 살아가는 평온한 하루에서도 발견됩니다.

사람은 상황에 따라서 끝없이 변하고 진화합니다. 오죽하면 사람은 '조석으로 변한다'는 말이 있겠습니까? 아침에 자신이 느끼는 것이 진실이었어도 저녁에 변하면 그것은 진실이 아닙니다. 수시로 변하는 마음을 나 자신조차도 가늠하기 힘듭니다.

'내가 왜 그랬는지 모르겠다.'
'내가 미쳤나 보다.'
'내가 어쩌다 이렇게 살고 있는지 모르겠다.'

누구나 이런 소리 한두 번쯤은 해보고 살아갑니다. 저도 철없던 시절 자주 했던 말입니다. 자신이 왜 이렇게 어리석은 판단을 했는지 그 당시에는 알지 못하는 것이 인간입니다. 이런 넋두리가 타인에게 하는 말이 아닙니다. 자기 자신에게 하는 말입니다. 나 자신도 모르면서 생각없이 살고 있습니다. 하물며 선과 악을 어떻게 알겠습니까. 이것이 진실이고 저것이 거짓이라고 명확히 판단할 수 있겠습니까. 어떻게 진리와 비진리를 자신 있게 구분할 수 있겠습니까.

그저 본인이 습득하고 알고 있는 경험한 삶을 바탕으로 그때그때 마다 만나는 크고 작은 장애물들을 넘어가며 삽니다. 자신들이 가지고 있는 각기 다른 줄자로 크기를 재고 판단합니다. 알면 아는 대로 살고 모르면 모르는 대로 사는 것이 사람인가 봅니다.

비행기를 타고 가다 잠이 들었습니다. 잠에서 깨어보니 비행기 안의 조명이 꺼져있습니다. 사람들은 잠을 자거나 헤드폰을 끼고 영화를 보고 있습니다. 숨소리조차 들리지 않는 조용한 적막 속에 비행기 엔진 돌아가는 소리가 들립니다. 두리번거리다가 조그마한 창밖을 내다봤습니다. 캄캄한 어둠 위로 군데군데 구름이 펼쳐져 있었습니다. 문득 그런 생각이 들었습니다.

'내 인생은 어디쯤 가고 있을까?'

물론 제가 도착하는 목적지는 알고 있습니다. 그러나 비행기 위에서 바라보면 어디를 지나고 있는지 전혀 모릅니다. 시간이 얼마나 지났으니 어디쯤 지나고 있겠구나 짐작만 할 뿐입니다. 이것도 제대로 알지 못합니다. 사람이 아는 것이 많은 것 같지만 왜 사는지 끝없이 물으며 삽니다. 죽는 것이 숙명이지만 왜 죽는지 알지 못합니다.

사람이 아는 것이 많은 것 같지만 들여다보면 모르는 것 투성입니다. 왜 사는지도 모르는 게 인간들인데 세상 돌아가는 것을 알면 얼마나 알겠습니까? 세상이라는 비행기에 몸을 싣고 출발합니다. 이제 어디로 향하는지 목적지만 알고 갑니다. 어디쯤 가고 있는지는 모르는 것입니다.

사람이 태어나고 죽는 것만 확실하게 알고, 나머지는 모르고 사는 것과 다르지 않습니다.

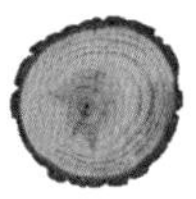

28

나 없음 안된다니까

도시의 카페에서 커피 한잔을 뽑아 햇살 좋은 창가에 앉았습니다. 커피 한 모금을 넘기고는 사람들이 오고가는 창밖을 내다봅니다. 저와 비슷하게 생긴 사람 하나 찾기 힘듭니다. 생김새도 다르고 느낌도 다르고 옷 입은 스타일도 다릅니다.

어딘가는 좋아서 눈이 맞는다고 다 짝이 있습니다. 그런데 짝이 있다고 해서 100% 다 맞는 것도 아닙니다. 의식주와 정치적 견해, 사상, 생각 모든 것을 맞추기는 힘듭니다. 하나의 뱃속에서 나온 자식들도 다 다릅니다. 모든 게 다 다릅니다. 이게 참 묘하다는 생각을 했습니다. 하나님이 세상을 창조한 비밀이겠지요.

같은 씨앗에서 나온 소나무도 모양이 다 다릅니다. 지구상의 소나무가 다 똑같다면 그 소나무 하나만 갖다 놓으면 끝입니다. 더 갖다놓을 필요가 없습니다. 그런데 소나무마다 다 다릅니다. 나무마다 아름다운 구석이 있습니다. 나무를 키우고 만지고 가꾸는 시간이 오래 누적되다 보니 나무를 보며 감사하게도 세상 이치를 하나둘 배워갑니다. 만물 모든 것에는 나름대로 특징이 있고 아름다움이 있기에 마음이 갑니다. 한 가지 아름다운 것이 있다면 그 한 가지에 매료됩니다. 많은 것이 필요하지 않다는 겁니다. 물론 다양한 아름다움을 갖춘다면 더 좋겠지만 아름다운 하나의 장점 때문에 마음이 가고 사랑이 가는 겁니다. 그것은 본인만이 가지고 있는 매력입니다.

그런 생각을 하는 사람들이 있습니다.

'나 같은 사람도 사랑을 받을 수 있을까?'
'나 같은 사람이 세상에 필요할까?'
'난 아무 쓸모 없는 사람인데 내 존재가 무슨 의미가 있을까?'

그렇지 않습니다. 그 사람이 없으면 채워지지 않는 것이 있습니다.

사람마다 음식 취향이 있지요. 나는 고기를 좋아한다, 회를 좋아한다 이렇게 좋아하는 음식이 있습니다. 음식 먹을 때를 자세히 보세요. 고기를 좋아한다고 고기만 먹을 수 있습니까? 아닙니다. 된장도 있어야 하고 마늘도 있어야 합니다. 된장찌개도 있어야 되고 야채도 있어야 합니다. 그 중 어느 것 하나라도 빠지면 뭔가 제대로 못 먹은 듯 아쉽고 허전합니다. 회를 먹을 때 아무것도 없이 생선회만 먹는다고 생각해 보세요. 맛없어서 못 먹습니다.

사람 사는 이 땅에서 우리는 서로에게 못할 말들을 쉬이 내뱉습니다. 쟤는 능력이 없네, 쟤는 키도 작고 못생겼네, 쟤는 성격이 나쁘네, 쟤는 목소리가 별로네 합니다. 그러나 인간의 기준으로 봐서 못생겼다고 하는 그 사람이 없으면 하나님에게는 채워지지 않는 그 무엇이 있다는 겁니다. 하나님의 기준은 우리와 다릅니다. 밥상의 반찬에서 뭐가 하나 빠진 겁니다. 자동차에서 와이어브러쉬 같은 것이 없는 겁니다.

평상시에는 별 필요가 없어 보이듯 합니다. 그러나 비 올 때 그것이 없으면 사고 납니다. 눈 오는 날 와이어브러쉬 없이는 운전을 할 수가 없습니다. 별것 아닌 것 같지만 핵심적입니다. 지구상에 태어난 인간들이 다 그러합니다. 어떤 상황에서는 그 사람이 없으면 안 되는 겁니다.

자기를 사랑해야 합니다.

왜요? 자기를 사랑해야 존재하거든요.

소나무 관리하는 사람이 있다고 생각해 봅시다. 혹은 강아지를 관리하는 사람이 있다고 해봅시다. 관리해주는 그 사람이 퇴근하면 그만입니다. 나를 신경 써주고 관심 가져주고 관리해주는 사람이 있다고 해봅시다. 어려울 때 전화해 주고 들어줍니다. 만나서 차 한 잔 마시고 밥 한 번 먹으며 위로의 말을 해 줍니다. 그때뿐입니다. 그걸로 끝입니다. 관리라는 것은 평소에 꾸준히 계속해야 제대로 관리가 됩니다. 어떤 특별한 날에만 하는 것이 아닙니다.

하루 삶의 흐름을 떠올려 보세요. 누군가와 함께 하는 시간보다 혼자 있는 시간이 훨씬 많습니다. 직장에서도 집에서도 혹은 친구들을 만나도 결국 혼자의 상태로 돌아옵니다. 대화를 나누고 같이 놀러 다니고 시간을 함께 보내도 결국은 혼자입니다. 아무리 많은 말을 나눠도 자신이 아는 것처럼 상대가 자신의 마음을 100% 알아줄 수 없습니다. 그래서 스스로 자신을 관리해야 합니다. 내가 나를 지키지 않으면 나는 존재할 수 없습니다.

타인에게서 힘을 얻으려 하지 마십시요. 내가 아닌 상대방은 있다가도 없을 수 있고 없다가도 있을 수 있습니다. 그때뿐입니다. 위로받으려 찾아가는 타인도 본인의 인생에 아등바등 살아갑니다. 근본적으로 자신을 관리할 수 있는 사람은 자신뿐입니다. 자신을 귀하게 여기십시요. 별

볼일 없는 사람처럼 취급하면 안 됩니다. 나 자신에게서 힘을 받아야 합니다. 그러지 않으면 존재하기가 어렵습니다. 내가 없으면 채워지지 않는 것이 있습니다. 그것을 잊으면 안 됩니다.

29

신앙은 책 속에 있지 않다

아버지는 엄격하셨습니다. 일이나 공부와 관계없는 것들에 대해서는 특별하게 더 엄하고 철저하셨습니다. 동네 어린아이들이 모여서 딱지치기를 하는 것도 쓸데없는 짓 한다며 절대 못 보시던 분이셨습니다. 그렇게 분명하신 아버지가 교회를 다니게 되셨습니다. 저는 그 동기가 늘 궁금했습니다. 누가 교회를 권한다고 가실 분도 아니고, 하나님을 믿는 것이 먹고 사는 것에 큰 도움이 되는 것도 아니기에 더욱 그러했습니다.

물어볼 틈이 없던 차에 아버지와 대화할 기회가 있었습니다. 아버지는 돌아가시기 몇 해 전 여름, 감나무 밑에 홀로 앉아계셨습니다.

"아버지. 감나무 밑이라 시원하세요?"

"여름철에 감나무 그늘처럼 좋은 곳이 없다. 부채도 필요 없다. 너는 어디 가냐?"

"그냥 일하는 것 둘러 보러 가요. 아버지 한 가지 물어볼 것이 있어요. 교회는 어떻게 가게 되셨어요?"

"그건 왜 물어보냐?"

"궁금하잖아요. 아버지께 형님들이 가자고 많이 권하셨어요?"

"내가 가잔다고 갈 사람이냐? 천하 없어도 내가 아니다 싶으면 목에 칼이 들어와도 안 하지. 가자고 권하기야 권했지만 일언지하에 거절했다. 교회가 뭔지도 모르고 가냐?"

아버님은 마치 자존심이 상하신 것처럼 단호하게 말씀하셨습니다.

"그러면 자진해서 가셨어요?"

"자식이 하는 걸 무조건 막을 수 없지 않냐. 네 형들이 교회를 열심히 다니기에 쭉 지켜봤지. 아무리 내 자식이라지만 어떻게 하는지 보아왔다."

"지켜보셨더니 어떠셨나요?"

"형들이 원래 일도 잘하고 착했지만 교회를 다니면서부터 일을 더 열심히 하고 시간만 나면 책을 읽더라. 세상에 책 읽는 것처럼 좋은 일이 어디 있냐? 내가 제대로 가르치지도 못했는데 알아서 책을 보고 스스로 배우니 교회가 참 좋은 곳인 것 같다는 생각을 했다. 교회 가는 것은 좋은데 주일날 일을 안 하는 거야. 시골에서 하루가 얼마나 큰지 아냐? 그런데 형들 다 놀고 나까지 놀아봐라. 농사지어 먹고 살겠냐? 곰곰이 따져보니 1년이면 56주이니 56일, 10년이면 500여 일을 노는데 나는 더 많은 일을 하니 나만 손해 보는 것 같더라."

저는 조심스레 다시 되물었습니다.

"그럼 바로 형들 따라서 교회 가시지 그러셨어요."

"나까지 교회 다니다가는 우리 집 농사 망하겠다고 생각했지. 그런데 그게 아니더라. 형들이 더 열심히 하니까 농사일에 문제가 없더라. 주일날 교회 가려고 일을 더 열심히 한다는 것을 알고 탄복했다. 그 시절에 겨울이면 노름들 많이 했었다. 돈 잃고 패가망신한 집들도 많았단다. 네 형들이야 술 담배도 안 하고 노름도 안 하니 동네 사람들이 나를 무척 부러워했지. 교회가 사람들을 옳게 가르친다고 생각했다. 사실이 그렇고."

"그럼 아버지는 형들 하는 것 보고 교회 가기로 결심하신 것이네요?"

아버지의 속마음을 들추어보고 싶었습니다.

"그렇다고 봐야지. 형들도 교회 가자고 많이 권했지만 내 마음을 움직인 것은 형들이 하는 행동이었지. 그것 보고 마음의 결정을 한 것이다. 사람 마음을 움직이는 것은 말이 아니라 그 사람의 행동이다. 말로 교회 가자고 바로 가는 사람들이 얼마나 되겠냐?"

아버지는 호통치듯 분명하게 말씀하셨습니다.

"그래도 교회 가자고 말하면 바로 가는 사람들도 많은데요?"

아버지가 속에 담아두신 이야기가 다 나올 때까지 기다렸습니다.

"그런 사람들도 있지. 다 그렇지는 않다. 내가 서울에서 교회 다닐 때 처음 나온 사람들이 교인들이 사는 것 보고 실망이 커서 안 나오더라. 몇 번 나오다 보니 사는 모습이 다 보이는 거야. 하나님 믿으면서 살려면 제대로 살아야지. 엉터리로 살면 하나님 욕 먹이는 거다. 그런 사람 보고 교회 안 나오면 그 사람이 책임져야지. 세상에 입으로만 사는 사람들이 얼마나 많은지 아냐? 교회 다닌다고 말만 번지르르 겉만 번지르르 하면 뭐하냐. 하는 짓이 망나니 같으니 교회 다니는 사람들 욕 먹이고 교회 안 가는 사람만 못하다는 소리를 듣지. 사람이라고 다 사람이 아니다. 교인이면 다 교인인 줄 아냐? 사람처럼, 교인처럼 살아야 제대로 사는 것이지."

남들의 제안에 눈 하나 깜짝 안 하시는 분이 자발적으로 교회에 가시는 것이 마냥 신기하기만 했었습니다. 사람의 마음을 움직이는 것은 말이 아닌 행동임은 분명해 보입니다. 전혀 움직이지 않을 것 같은 큰 산 같은 아버지가 움직이셨으니까요.

사람답게 사는 것도 쉽지 않은 세상입니다. '사람이 사람답다'는 것은 어찌 보면 당연한 말 같습니다. 동물은 동물 같고, 나무는 나무 같고, 바다는 바다 같지 않겠습니까. 그럼에도 사람이 사람으로서 갖추어야 하는 기본이 없다는 말이겠지요. 사람이 사람답기도 어려운 판에, 그리스도인이 그리스도인답기란 더욱 어려운 듯합니다.

30

과거 현재 미래는 동시에 일어난다

30대 초반 무렵, 지방에 있는 후배 녀석들을 만나러 갔습니다. 기가 막히는 곳이 있다고 한번 가보자고 우겨댑니다. 유명한 점집이라며 정초인데 신수를 보자고 했습니다. 후배 녀석들 뒤통수를 시원하게 한 대씩 쳐줄까 고민하다가 슬쩍 물어봤습니다.

"그 사람이 내 미래를 알려준다냐?"

“그렇다니까요!”

“인생의 앞날을 어떻게 아냐?”

“형님, 속는 셈 치고 일단 한번 가봅시다.”

“내가 대신 봐줄게. 이 녀석아, 네 인생 어떻게 될지 내가 훤히 보인다.”

“형님이 그걸 어떻게 알아요?”

“네가 오늘을 사는 꼬라지가 있는 데 그걸 물어? 뻔하지!”

인간은 누구도 단 1초 앞에 벌어질 일을 알지 못합니다. 내일이 보장되지 않은 것이 바로 사람입니다. 오늘 건강하신 분이 밤새 안녕하리라는 보장은 없습니다. 며칠 전까지 멀쩡하게 봤던 친구가 사건사고로 급작스럽게 세상을 뜨기도 합니다. 철옹성 같던 절대 권력도 무너질 수 있고 영원할 것 같은 재벌도 부도가 나서 산산조각이 납니다. 우리가 살아온 지난 과거의 역사만 보아도 그러합니다. 그래서 예전 어른들이 ‘인간사 새옹지마’라고 했나 봅니다. 미래는 인간이 알 수 없는 영역인 것입니다.

일반적으로 과거보다는 현재와 미래를 중요하게 여깁니다. 과거는 이미 지난 것이니 버려진 것으로 보고 현재와 미래는 앞으로 잘해야 한다는 의지, 잘하고 싶다는 열정이 투영된 것 같습니다. 어쩌면 현재보다 미래를 알고 싶어 하는지도 모르겠습니다. 혹여 내 사주팔자에 내가 모르던 어떤 행운이 숨겨져 있나 궁금해 합니다. 내년에 복권이 당첨된다든지,

사업이 번창한다든지 하는 말을 듣고 위안과 희망을 얻으려고 할지도 모릅니다.

그러나 삶은 과거와 현재, 그리고 미래가 한데 어우러져 있습니다. 과거는 지나간 것으로 생각하고 버려야할 짐 같은 것으로 생각하는 사람들이 많이 있습니다. 컴퓨터를 사용할 때, 손가락이 자판에 닿는 순간은 현재이지만 누르는 순간 과거가 되고 누르려고 하는 순간은 미래가 됩니다. 자판에 다가가고 누르고 떼는 순간이 모두 과거와 현재 그리고 미래인 것입니다. 삶이란 이렇게 맞물려 돌아갑니다. 미래 과거 현재를 나누지 못합니다. 그냥 하나의 틀로 돌아가고 있습니다.

숨을 들이마시는 순간이 곧 현재이며 과거이고 미래입니다. 어떤 것이 과거이고 현재이며 미래인지 구분할 수 없이 번개처럼 지나가고 있습니다. 그래서 삶을 가만히 들여다보면 과거 현재 미래가 하나로 겹쳐져서 매 순간 연결되어 지나갑니다. 어떤 사람도 내가 어디쯤 가고 있는지를 알려주지 않습니다. 과거는 이미 흘러가 저 멀리 있습니다. 부정할 수도 없고 고칠 수도 없으며 지울 수도 없습니다. 미래는 불투명하고 예측할 수 없습니다.

현재만 있을 뿐입니다. 그런데 그 현재에 과거와 미래가 동시에 담겨 있다는 말입니다. 그래서 현재가 중요하고 현장이 중요한 것입니다. 내가 처한 특정한 상황과 사정을 타인들이 어떻게 알겠습니까? 나 자신 이

외에 누가 나보다 더 잘 알고 있겠습니까? 인간은 누구나 유일무이한 경험을 하게 됩니다. 그 경험을 통해 무언가를 느끼고 몸으로 체화되어 누적되어 갑니다. 그 특별함으로 뭉쳐져 있는 나만이 살아온 삶을 타인들이 어떻게 알겠습니까?

스스로 판단하고 좋든 싫든 내가 짊어지고 가는 것이 인생입니다. 저는 아직도 왜 사는지 혹은 왜 죽어야 하는지, 어떻게 살아야 하는지 잘 모르겠습니다. 제가 확실히 아는 것은 내가 지금 사는 모습을 보면 나의 미래가 보인다는 것입니다. 콩 심은 데서 콩이 나고 팥 심은 데서 팥이 나옵니다. 오늘의 내가 미래의 나입니다. 오늘과 별개의 삶으로 내일이 확 바뀌어서 나오지 못한다는 것입니다. 남의 얘기를 듣고 색다르게 느낄 뿐이지 자기 인생은 본인이 어느 정도는 압니다. 안 보려 할 뿐이지 보고자 하면 알 수 있습니다. 오늘의 삶에 이미 미래가 담겨있기 때문입니다.

노력하면서 살아가도 '내가 왜 이렇게 사는 걸까'하고 자문하는 순간이 찾아오기도 합니다. 자식들에게 인생이 무엇인지 가르쳐 주고 싶어도 알지 못해서 가르쳐 주지 못합니다. 내가 어떻게 살아야 할 것인지 항상 고민하고 또 고민해도 잘 모르는 부분이 있습니다. 그런데 어떻게 다른 이가 나를 알고 평가하는지 신기합니다. 점집에서 만나는 분들 뿐만이 아닙니다. 사회생활을 하다가도 만나게 됩니다. 너는 이러네, 저러네 합니다. 자신조차 잘 알지 못하면서 타인은 백배 천배 잘 아는 사람들이 많습니다. 타인에게 관심을 갖는 시간에 자신에게 투자해야 후회하지 않습니다.

현재가 과거이고 미래가 현재가 됩니다. 미래가 불투명하고 불안하다고 사주관상을 보지만 진짜 나를 보기 힘듭니다. 진짜 나를 만나려고 작정하고 스스로 들여다 보아도 만나기 힘든 것입니다. 현재가 과거고 미래가 현재가 되면서 돌아가기 때문에 현재를 보면 미래가 보입니다. 자신의 하루를 보면 내일이 그려집니다. 현재의 자신은 무슨 생각을 하고 무슨 일에 집중하고 있으며 어떻게 살아가고 있는지 말입니다. 그것이 곧 미래입니다. 지금이 미래입니다. 미래에 원하는 모습이 있다면 지금하면 됩니다.

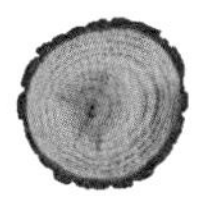

31/ 밥은 사랑이다

32/ 사랑이 없기에 사랑을 외쳐댄다

33/ 절대적인 존재

34/ 생각한 것만 보인다

35/ 땀에 녹은 사탕

36/ 인생도 요리하듯이

37/ 헤아림의 말 한마디

38/ 마지막 소풍의 추억

39/ 밀알에서 다시 밀알이 되기까지

40/ 사랑은 삶이다

제4장

밥맛 살맛

31

밥은 사랑이다

“친구야, 내다. 잘 지내고 있냐?”

“응. 그래. 진짜 오랜만이다. 너는 별일 없이 잘 살고 있냐?”

“똑같이 살고 있지 뭐. 다음 주에 밥 한번 먹자! 내가 그리로 갈게!”

“아……. 다음 주? 다음 주는 좀 힘들 것 같은데.”

얼버무리느라 혼났습니다. 약속을 피하기 위해 안간힘을 썼습니다.

이 친구에게 전화가 오면 밥 먹자고 할까 봐 겁이 덜컥 납니다. 다른 것은 다 좋은 데 밥만큼은 이제 더 이상 같이 안 먹습니다. 혹여 밥 먹자는 소리가 나오면 부랴부랴 핑계대기 바쁩니다. 머릿속이 갑자기 바빠집니다. 없는 선약도 만들어내 도망가기 일쑤입니다.

친구는 연탄불에 돼지고기를 구워 먹는 것을 심각하게 좋아합니다. 허름한 식당에서 연탄구이에 청양고추만 있으면 천국을 느끼는 녀석입니다. 이것 외에 다른 것은 먹을 생각을 하지 않습니다. 지난 30년 동안 이 녀석을 만나면 주구장창 연탄에 돼지고기를 구워 먹어야 했습니다. 30년이면 친구로서 연탄구이를 먹어줄 만큼 충분히 먹었다고 생각합니다.

저는 연탄 냄새를 끔찍하게 싫어합니다. 연탄가스 때문에 병원에 실려가 죽을 뻔한 적이 있기 때문입니다. 그날의 기억이 생생합니다. 연탄 연기만 봐도 병원에 실려 갔던 날이 떠오릅니다. 연탄구이 말고 다른 것 먹어보자 꼬셔봐도 소용이 없습니다. 세상 가장 맛있다며 오직 연탄구이만 고집할 뿐입니다. 같이 밥 한번 먹고 싶어도 취향이 달라 밥 한 끼 같이 하기 힘든 녀석입니다.

밥이라는 것이 참 묘합니다. 같이 밥을 먹는다는 것은 설명하기 힘든 교감을 나누는 것 같습니다. 차 한 잔은 마시기 쉬워도 밥을 같이 하기는 쉽지 않습니다. 어떤 특별한 용무가 있지 않으면 따로 시간을 내어 차 한잔하는 것도 사실 쉽지는 않습니다. 만나도 불편하지 않아야 하고 스케줄의 일정 부분을 할애하는 수고를 해야 합니다. 가볍게 인사치레 비슷하게 '차 한잔하자', '언제 밥 한번 먹자' 하는 데 실제 만남으로 이어지는 것은 마음을 먹어야 가능한 일입니다. '그래. 밥 한번 먹자' 하고 몇 년이 지나갑니다.

밥상을 두고 함께 자리한다는 것은 친밀함의 표시입니다. 직업상 사업상 어쩔 수 없이 누군가를 접대하거나 인사를 드려야 하는 자리가 아닌 자발적인 식사 자리는 더욱 그렇습니다. 밥을 먹는 행위는 단순히 배를 채우는 것이 아닙니다. 음식을 공유하면서 그 자리에서 즉흥적인 하나의 문화를 형성하는 것입니다. 그 장소의 분위기, 그날의 시간, 그 자리의 대화 그리고 먹는 행위를 공유하는 것입니다. 사람들이 의식주를 공유한다는 것은 아주 가까운 사람들에게만 허락된 것입니다. 의식주 세 가지를 모두 공유하는 사람들은 보통 가족입니다. 먹고 자고 입고 생활을 함께하는 것이지요.

옛말에 '밥상머리 교육'이라는 것이 있습니다. 식사를 하는 자리에서 어른들이 아랫사람에게 예절과 인성교육을 가르친다는 말에서 유래된 것입니다. 그만큼 많은 대화와 훈계, 공감과 상대에 대한 인식이 이루어지는 자리를 뜻합니다. 식탁에서 배를 채우기 위해 밥만 먹고 끝나는 것이 아닙니다. 정을 나누는 자리가 됩니다. 근래 어떻게 지내는지, 혹여 힘든 일은 없는지, 새로운 변화가 생겼는지, 자리에 앉아 한 수저 두 수저 뜨다 보면 그렇게 툭 몇 마디 던지며 근황을 물어보게 됩니다. 그러면서 대화가 시작됩니다.

거북한 사람이나 불편한 사람과의 식사는 끝난 후에도 뭔가 체한 것 같은 느낌을 지울 수가 없습니다. 싫어하는 사람과 먹는 식사는 아무리 맛있는 음식이 나와도 제대로 맛을 못 느끼기 마련입니다. 처음 보는 사람과 식사를 하면 무의식중에 어색한 긴장이 흐릅니다. 그런 식사가 위에 좋을 리도 없습니다. 반면 좋은 사람과의 식사는 음식이 조금 부실하여도 맛있게 느껴집니다.

성인이 되어 여러 가지 사유로 부모님과 떨어져 보신 분은 아마 한번쯤은 들어보셨을 겁니다. 오랜만에 안부전화를 걸어보면 부모님들은 꼭 묻습니다. 밥은 잘 챙겨 먹고 다니냐고. 요즘 세상에 굶어 죽을 사람은 별로 없을 터인데 그래도 꼭 물어보십니다. 다이어트니 뭐니 해서 하루 세끼를 꼬박 챙겨 먹는 사람이 줄어드는 세상인데 그 질문은 빼먹지 않으십니다. 그 한마디 안에 여러 가지가 담겨 있습니다. 별 탈 없이 잘 지내고 있는지, 식사는 제때 하며 건강은 잘 챙기고 있는지, 혹여 힘든 일이 있어 잘 못 먹는 것은 아닌지 궁금하신 겁니다. 잔소리처럼 들릴까봐 다른 말은 안 하시고 꾹 참으셔도 그 질문은 다시금 하시게 됩니다.

안 좋은 일이 생기거나 의욕을 잃으면 보통 사람들은 식욕부터 잃습니다. 밥맛이 없다고 합니다. 실연을 하거나, 시험에 낙방하거나, 큰 상실감에 빠진 사람들은 식음을 전폐하고 누워버립니다. 먹을 생각조차

나지 않을 만큼 괴로운 것입니다. 안 먹어도 배가 고픈줄 못 느낄 만큼 힘든 겁니다. 그만큼 먹는 것은 사람의 기분과 상태에 따라 좌우됩니다. 우리가 늘상 하는 일반적인 행위이지만 먹는다는 것은 많은 의미를 함축하고 있습니다.

먹는다는 것은 사람이 살기 위한 최소한의 생존행위이자 인간이 느낄 수 있는 최고의 쾌락이며 행복한 일입니다. 기분 좋은 향기를 맡으면 기분이 좋아지듯 코후각로 냄새를 맡으며 음식에 먼저 매료됩니다. 눈시각으로 음식을 즐기고 상대와 눈을 마주합니다. 상대의 표정과 눈빛을 보며 먹는 속도를 조절합니다. 손촉각으로 혹은 수저, 포크 등의 도구를 통해 음식의 상태와 질감을 느낍니다. 입미각으로 음식의 맛을 느끼면서 상대와 대화를 나눕니다. 귀청각로 입안에서 씹히는 음식의 소리를 들으며 상대의 말에 반응합니다.

이로써 그 공간은 작은 문화의 장이 형성되는 것입니다. 좋은 사람과 유쾌하고 깊이 있는 대화를 나누며 함께 식사를 나누는 것만큼 기분 좋은 일이 또 있는지 저는 아직 찾지 못했습니다. 밥은 정녕 사랑입니다.

32

사랑이 없기에 사랑을 외쳐댄다

'사랑합니다! 고객님!'

최근 흔히 들을 수 있는 말입니다. 휴대폰 뒤로 들리는 자동응답기 마냥 백화점이나 서비스센터는 물론 카페에서도 어렵지 않게 들을 수 있습니다. 사업주의 요구에 따라 직원들이 훈련되어 내뱉는 말이지만 거기에 얼마나 진심이 담겼을까 싶어집니다. 처음 보는 낯선 사람에게 사랑한다는 고백을 받으니 얼떨떨하기도 합니다. 그래서인지 '사랑한다'는 말이 참으로 씁쓸하게만 다가옵니다. 나중에는 자동판매기 버튼을 누르면 '사랑'이라는 물건이 나오지 않을까 싶을 정도이니 말입니다.

세상에는 전에 없이 '사랑한다'는 말이 넘쳐나고 있습니다. 그런데 이혼, 졸혼, 별거하는 부부들은 늘어만 가고 결혼을 하지 않는 비혼도 급증하고 있습니다. 왜 이렇게 헤어지고 실망하고 포기하는 사람들이 늘어갈까요? 혼자 있기를 원하고 혼자 살아가면서도 사랑을 원합니다. 말로는 사랑한다 하지만 사랑받기만을 원하기 때문입니다. 주는 사랑이 아니라 받는 사랑을 원하는 것이죠. 사랑한다는 말이 넘치는 세상에 정작 사랑이 고갈되었습니다.

엄마는 배가 고픈 갓난아이에게 젖을 줍니다. 엄마는 주는 사랑을 하고 아기는 받는 사랑을 합니다. 아기는 자립할 수 없기에 항상 받을 수밖에 없습니다. 주는 사랑은 생산적인 사랑이고 차원 높은 사랑이라면 받는 사랑은 비생산적입니다. 아이를 벗어나 성장한 어른이 되어서도 받기만을 원하고 구하는 사랑을 한다면 그것은 수준이 낮은 사랑입니다.

사랑한다고 하지만 나를 더 사랑해 주기만을 바라면서 하는 사랑은 원조받는 사랑입니다. 원조받는 사랑은 아무리 받아도 먹고 나면 또 허기지고 부족해서 사랑해 달라고 사랑 타령을 합니다. 받기를 원하는 사랑은 내가 준 것은 크고 상대에게 받은 것은 쉬이 잊어버립니다. 그래서 계속 달라고 칭얼대고 애걸하고 울어댑니다. 받기만 한 사랑은 상대에게 투자하지 않은 사랑입니다. 자신의 관심과 정성과 노력을 들이지 않은 사랑을 하는 겁니다. 그러하기에 사랑을 주지 않으면 더 많이 주는 사람에게로 가볍게 떠나 버립니다. 왜일까요? 말과 행동이 다른 이중적 태도를 가지고 있기 때문입니다.

말과 행동이 다른 사람들을 보면 상여가 생각납니다. 상여는 꽃으로 화려하게 치장하여 많은 사람들이 메고 산을 향해 가지만 속에는 시체가 썩어가고 무덤을 향해서 가고 있습니다. 진실하지 못하게 살아가는 사람은 상여 속의 시체와 다를 바가 없습니다. 입으로는 선함을 지양하고 사랑과 정의를 외치지만 정작 행동으로 보여주는 이는 많지 않습니다. 자신의 욕심을 채우고 받기에만 급급한 사람은 무덤을 향해서 나아가는 상여 속의 시체와 같습니다.

정치인들은 입을 열면 '친애하는 국민 여러분'이라고 말합니다. 애국을 강조하고 국민을 위한다고 하지만 위선적인 행동은 날이 갈수록 진화하는 형국입니다. 시대정신은 해가 다르게 변해 가는데 정작 필요한 법들은 캐비닛 어디선가 잠들어 있습니다. 진짜 다루어져야 하는 이슈들은 그들의 이기심 뒤로 치부되어 있습니다.

살기 힘들다고 나라를 떠나는 사람들, 인생의 미래를 포기하는 사람들이 늘어나고 있습니다. 자신들의 욕심과 이념만 사랑하는 정치인들이 국회에 가득합니다. 기업인, 종교인, 교수들도 말과 행동이 다른 사람들이 넘쳐납니다. 한 나라의 미래는 청년들에게 달려 있습니다. 그 나라의 청년들을 보면 그 나라의 미래가 보이는 법입니다. 대중들의 관심을 끌기 위한 쇼에 가까운 투쟁을 하고 자신들에게 유리한 대로 언론플레이를 하고 있으니 정치혐오가 생겨납니다. 그럴싸한 구호를 외쳐대고 정권이 바뀌면 개혁한다 하지만 그대로이니 피로감만 늘어날 뿐입니다. 변한다는 말만 하기에 청년들은 정치 사회 전반에 무관심해져 가고 있습니다.

더 무서운 것이 있습니다. 저도, 우리 자식들도 알게 모르게 그런 정치인을 닮아 간다는 것입니다. 뉴스를 통해, 사람들과의 대화를 통해 혹은 대중교통을 이용하면서 우리는 매일 보고 듣습니다. 그들의 움직임에 따라 사회 전반이 들썩이는 것을 목격하고 비상식과 부패에 대한 목소리가 수용되기까지 너무 오랜 시간이 걸리는 것을 견디고 있습니다. 아이러니하게도 그 모습을 닮아 가기에 더욱 절망스럽습니다.

정치 혐오는 사회 혐오를 낳습니다. 정치를 혐오하고 비판하지만 사회는 필연적으로 같이 물들어 갈 수밖에 없습니다. 그래서 더욱 두렵습니다. 저도, 우리 자녀들도 그들처럼 이득을 취하기 위해 쉽사리 편을 가를까 봐 가슴이 답답해집니다. 내 탓하는 것보다 남 탓하는 것이 유익한 행동이라는 것을 합리화할까 봐 겁이 납니다. 말과 행동이 달라도 편의에 맞게 우기면 된다고 학습할까 봐 무섭습니다. 자신의 유익에 따라 사랑을 이용할까 염려됩니다. 주기보다 받기만을 원하며 언제든 하나라도 더 받기 위해 쉽게 갈아타기를 해도 괜찮다는 사회 인식이 우리를 점령할까 봐 불안합니다.

잘못된 원인이 내 탓이라고 생각해야 고쳐질 희망이 있습니다. 잘못된 것이 오랜 시간 고쳐지지 않으면 결국 그것이 잘못된 것인지 인식하지 못하게 됩니다. 감흥 없는 구호처럼 외쳐대는 '사랑'이라는 단어가 제 가슴속에도 공허한 메아리가 될까 마음을 수시로 들춰 봅니다.

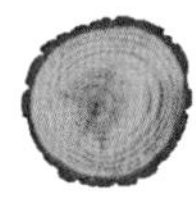

33

절대적인 존재

학교 수업을 마치고 집에 와보니 어머니와 동네 아주머니 몇 분이 얘기를 나누고 계셨습니다. 책가방을 내려놓을 새도 없이 호기심에 귀가 쫑긋합니다. 아랫동네 사는 분의 아들이 서울에 올라가서 망했다는 것이 주된 대화 내용이었습니다.

"그 아이가 원래 어려서부터 돈 귀한 것을 모르고 살았잖아요."

"그 집에 자녀분이 하나였나?"

"네. 외아들이라고 돈을 많이 주었나 봐요. 돈을 물처럼 쓰더니 그리 되었네요."

중학생이었던 저는 돈을 물처럼 쓴다는 말이 상상이 안 되었습니다. 평소 돈 구경하기도 쉽지 않았지만 물도 펑펑 쓸 만큼 흔하지는 않았기 때문입니다. 제 기준에 흔한 것은 잡초였습니다. 길가 사방팔방에 제일 많이 보이던 것이 잡초였습니다. 곳곳에 보이던 잡초가 돈이라고 생각하니 아찔했습니다. 지천에 널린 잡초 뽑아 쓰듯 돈을 썼다는 말이구나 했습니다.

태양처럼 변함없는 것이 없습니다. 항상 있으니, 매일 같은 곳에서 떠오르니 귀한 줄을 모릅니다. 태양이 잠시라도 없어진다면 어떤 일이 벌어질까요. 태양이 사라지면 얼마 안 되어 만물이 얼어붙을지 모릅니다. 사람은 누구나 흔하면 귀한 줄 모르고 삽니다.

공기 귀한 줄도 모르고 살았습니다. 어느 날부터인가 미세먼지 폭격 속에 살게 되었습니다. 그 덕분에 평범하게 창문을 열고 맑은 하늘을 만났던 날이 얼마나 행복한 날이었는지 실감하고 있습니다. 미세먼지로 호흡이 곤란해지고 우중충한 잿빛 하늘을 보고 있자니 정말 죽을 맛이었습니다. 공기가 얼마나 귀한지 절실히 느꼈습니다.

음식도 풍부하면 귀한 줄을 모릅니다. 먹는 것이 흔해져서 별거 아닌 것 같습니다. 그러나 전쟁터에서는 황금보다 귀한 것이 음식입니다. 황금이 귀한 것 같지만 없어도 사는 데는 아무런 지장도 없는 것이 보석입니다. 생명이 오락가락 하는 순간에 금이 무슨 소용이겠습니까.

건강도 그렇습니다. 건강하다고 관리하지 않고 무턱대고 쓰기만 하면 어느새가 몸이 망가져 버립니다. 산토끼 잡으려다 집토끼 놓친다고 합니다. 가장 가까이 있는 사람, 흔하다고 귀한 줄 모르고 함부로 하면 치명적인 해를 당하게 됩니다. 흔해서 귀한 줄 모르고 사는 것이 많습니다.

그중 가장 귀한 것이 무엇이냐고 묻는다면 저는 어머니라고 대답할 것입니다. 너무 가까이 있어서, 너무 흔해서 잘 안 보이는 분, 바로 어머니입니다. 태어날 때부터 공기처럼 나를 안고 있는 존재입니다. 어릴 적에는 절대적인 존재가 바로 어머니입니다. 아파도, 힘들어도, 놀라도, 제일 먼저 입에서 튀어나오는 말이 '엄마'입니다. 그분이 없으면 내가 없는 것 같은 느낌이었습니다. 어머니가 없는 세상은 꿈에서도 두려운 일이었습니다. 그러다 시간이 지나면서, 조금씩 커가면서 우리는 어머니의 품을 떠나게 됩니다. 성인이 되고, 결혼을 하고, 자식을 낳고, 나이가 들면서 어머니의 존재는 잊혀져 갑니다. 너무 흔해서 귀한 줄 모르는 존재가 됩니다.

뒤돌아서면 언제든 그 자리에 있을 것만 같습니다. 내가 부르면 머뭇

거림 없이 한걸음에 달려와 주는 분입니다. 무슨 말을 해도 끝없이 들어주고 또 들어주는 분입니다. 존재하고 있지 않지만 존재하고 있는 병풍 같은 존재입니다.

세상일에 바쁘고 신경 쓰고 관리할 것이 많아 정신 팔려 사는 사이, 그러다 어느 날 문득 알게 됩니다. 나를 늘 감싸고 있던 그 존재가 사라졌다는 것을. 귀한 줄 모르고 항상 함께 있을 줄 착각하지만 떠난다는 말도 없이 가버립니다. 예상치 못한 날에 누구에게나 그날이 옵니다. 그리고 알게 됩니다. 내게 조건 없는 사랑과 이유 없는 헌신을 쏟아 부은 유일한 존재가 사라졌다는 것을 알게 됩니다.

지금 전화기를 드세요. 지금 만나러 가세요. 태양만큼 공기만큼 아니 그 이상으로 귀한 존재는 영원히 우리 옆에 있지 않습니다. 태양도 공기도 죽는 날까지 우리와 함께 있을 것이지만 어머니는 그렇지 않습니다.

34

생각한 것만 보인다

20년이 넘도록 출퇴근한 곳이 있었습니다. 그날도 어김없이 출근하던 날이었습니다. 길옆으로 처음 보는 새로운 건물 하나가 눈에 들어왔습니다. 옆 좌석에 앉은 분에게 언제 생겼는지 물었습니다. 5년 정도 된 건물이라고 합니다. 깜짝 놀랐습니다. 매일 오가는 길인데 전혀 본 기억이 없는 것입니다.

사람이란 존재가 참으로 신기합니다. 보고 싶은 것만 봅니다. 사물은 그 자리에 그대로 있는데 눈에 들어오는 것이 있고 아닌 것이 있습니다. 보이는 대로 봐야 하는데 보고 싶은 것만 보게 됩니다.

사람의 행동을 보면 그가 무엇을 생각하고 있는가가 보입니다. 식당을 가는 사람은 배가 고파 찾아갈 것이고, 옷을 사러 가는 사람은 목적에 따라 옷가게를 찾아갈 것입니다. 백화점 안에 층층마다 수많은 물건들이 빼곡해도 필요한 물건이 있는 곳으로 알아서 찾아갑니다. 결국 그 사람의 발걸음이 향하는 곳을 보면 무엇에 관심이 있는지 알게 됩니다. 신발을 사러 간 사람은 신발을 파는 곳으로 향하고 화장품을 사러 간 사람은 화장품을 파는 곳으로 향합니다.

사람은 생각의 틀에서 움직이는 존재입니다. 목표가 분명하면 그것만 보입니다. 그래서 자신의 머릿속에 있는 것이 현실에서 구현되는 것입니다. 자신이 원하는 것을 향해 움직입니다. 하루의 똑같은 시간이 주어져도 각자가 생각하는 대로 시간을 씁니다. 어떤 사람이 요즘 무엇에 관심이 있는가를 보려면 그 사람이 무엇을 하는가를 보면 나옵니다. 숨길 수 있는 것이 아닙니다. 생각하는 것이 자동으로 몸으로 나오기 때문입니다. 생각의 틀에 의해 움직이기 때문입니다.

새로운 건물이 들어선 지 5년이 지나도록 그것을 발견하지 못했습니다. 환경이 분명 바뀌어져 있는 데도 인식하지 못하는 경험을 몇 번 하고나니 정신이 아득해졌습니다. 혹시 내가 보고 싶은 것만 보고 사는 것이 아닌지 의문이 들었습니다. 보더라도 내 기준에 의해 본다면 많은 것들을 왜곡시킬 수 있겠다는 생각을 했습니다.

실제 두 눈을 가지고 보는 것도 이런 오차가 생기는 데 사람과 사회를 바라보는 마음의 시각은 오죽할까 싶었습니다. 친구 녀석 하나와 최근 떠들썩한 이슈를 가지고 대화를 나누었습니다. 대화라기보다 논쟁에 가까웠던 것 같습니다. 이렇게 하는 것이 맞다 아니다 하며 서로의 관점을 주장했습니다. 우리들도 각자에게 형성된 프레임을 가지고 이슈를 바라본 것입니다.

어릴 적 어머니께서 음식 편식하지 말라고 여러 번 혼내셨던 기억이 납니다. 입을 삐쭉이며 어머니가 쳐다보는 내내 싫어하는 음식을 억지로 먹곤 했습니다. 개인적으로 유난히 좋아하는 음식이 한두 가지 있을 겁니다. 그래도 다른 음식들에 들어있는 영양분도 섭취해야 건강을 유지할 수 있습니다. 어디 음식뿐이겠습니까. 영화나 음악, 책도 취향대로 골라봅니다. 다른 장르도 접해보면서 공통점과 차이점을 분별하며 자신을 확장해야 합니다. 주관성에만 갇혀 있으면 좁은 시야로 세상을 보게 됩니다. 전혀 다른 목소리를 내는 사람들과 교류하지 못하면 편협해집니다. 객관성을 확장할 수 있도록 열어두지 않으면 생각의 영양실조에 걸리고 맙니다.

보는 것은 너무나 중요합니다. 무엇을 보느냐도 중요하지만 어떻게 보느냐는 더욱 중요합니다. 보는 대로 우리가 가기 때문입니다. 생각하는 대로 몸이 움직이기 때문입니다. 자신 안에 있는 프레임을 통해서 보는 세상이 전부이기 때문입니다. 프레임을 넓히고 유연하게 하기 위해 다른 것을 수용하고 볼 줄 알아야 합니다.

나무를 키우면서 배운 것이 있습니다. 한 가지만 알아서는 안 된다는 것입니다. 나무를 잘 키우기 위해서는 나무만 알면 안 됩니다. 토질을 알아야 하고 계절도 알아야 합니다. 물이 어떻게 작용하는지 알아야 적당히 물을 줄 수 있습니다. 가지치기가 왜 필요한지 알아야 하고 거름을 언제 주어야 하는지도 알아야 합니다. 소독을 어떻게 해야 하는지 알아야 하고, 언제 옮겨 심어야 하는지도 알아야 합니다. 나무 하나 키우는 것도 힘이 들게 수고를 해야 합니다. 마음을 키우고 생각을 키우는 데는 더 많은 노력이 필요한 법입니다.

모든 것을 자신의 프레임을 통해서 보면 그 외의 것을 보지 못합니다. 건강검진을 받듯이 자신의 프레임을 검진해야 합니다. 편식을 한 사람처럼 영양실조에 걸리지는 않았는지, 무엇을 보고 있는지, 어떻게 보고 있는지 말입니다. 제가 눈앞에 있는 큰 건물을 못 보고 지나치듯 당신 앞에 지나가는 귀한 인연도, 엄청난 기회도 못 보고 지나칠 수 있습니다.

35

땀에 녹은 사탕

어머니께서 홀로 마루에 앉아 계시는 것이 눈에 들어옵니다. 아버지께서 돌아가신 후라 그런지 어머니가 쓸쓸해 보입니다. 어머니께 가까이 다가가 안부를 물었습니다. 어머니는 쉬었다 가라고 하시며 예전에 있었던 이런저런 이야기를 시작하셨습니다.

사람은 세상에 태어나 걸음마 배우듯 인생을 배우고 다양한 사람들을 만나고 정신적으로 영향을 받으며 살아갑니다. 제게 많은 영감을 귀감이 되신 분들이 계셨지만 그중에서도 어머니의 영향을 가장 많이 받았습니다. 어머니는 생활력이 강하시고 자식에 대한 믿음이 남달랐습니다. 인격적이면서도 포용력이 뛰어났고 자존심이 강하셨습니다. 연세도 많으시고 얼굴의 주름도 깊어지셨지만 젊은 사람들 못지않은 패기가 넘치셨습니다.

"일하느라 고생이 많다. 네가 고향에서 먹고 살길 없다고 훌쩍 고향 떠날 때가 생각난다. 그때 나는 너 평생 못 볼 줄 알았다. 다시는 고향에 안 올 사람 같이 가더니 이렇게 고향에 돌아와 일하는 걸 보면……. 한 치 앞을 모르는 것이 인생이다. 그렇지?"

어머님께서는 기분이 좋으신지 말씀이 쉽게 끝나지 않을 것 같았습니다.

"네가 여기서 먹고 살기 힘들다고 집 떠날 때 내가 얼마나 가슴이 아팠는지 아느냐? 속으로 많이 울었다. 그때 내가 너한테 한 말을 기억하느냐? 다 잊어버렸지?"

어머니가 해주신 말씀이 워낙 많았기에 무슨 말씀을 하시려나 싶었습니다. 저도 기분 좋게 맞장구쳐드리며 친밀하게 들을 준비를 했습니다.

"아니요, 당연히 기억하지요. '사람이 천층만층 구만 층이다.' 그 말씀 하셨잖아요?"

"그것 말고 더 있지, 사람이 위만 바라보고 살면 사는 것이 힘들다. 한 층 낮추어 아래를 보고 살면서 이만하게 살면 됐다고 맘먹고 살면 살기 편하다. 세상사가 맘대로 되는 것 아닌데 억지로 하려니까 일이 생긴다. 뭐든지 내가 손해 본다고 생각하고 양보하고 살아야 한다. 남 눈에 눈물 나게 하고 가슴에 못 박은 사람치고 잘 되는 것 못 봤다. 다 까먹었네! 기억력이 나만 못하구나."

"어머니, 그래도 제가 이 말씀은 지금도 지키려고 노력하면서 살고 있잖아요. 그 말씀 하신 지가 벌써 40년이 넘어가네요."

"그러게 말이다. 세월같이 무서운 게 없지."

"어머니, 그런데 하나 물어볼게요."

"뭐냐?"

"셋째 형님 말입니다. 저와 8살 차이지만, 제가 7살 정도부터는 어렴풋이 기억나는데 그전에는 잘 모르겠어요. 혹시 기억나는 것이 있으면 한 토막만 이야기해 주세요."

"너희 형이 유별났지? 나도 지금은 오락가락한다. 내가 지금도 잊지 못하는 것이 있어. 네가 4살 인가 5살 때, 아마 너희 형이 12살이나 13살쯤 됐지. 초등학교 다닐 때니까. 참! 진달래가 흐드러지게 필 때니까 지금쯤 되었겠구나. 어느 날인가 너희 형이 등에는 책보를 둘러매고 가쁜 숨을 몰아쉬면서 뛰어오더라. 연신 손등으로 땀을 훔치면서 말이야."

어떤 재미난 일이 벌어질지 저는 벌써부터 호기심이 몰려왔습니다.

“그래서 내가 왜 그렇게 뛰어오냐고 했더니 ‘엄마! 이거!’ 하면서 불쑥 손을 내미는 거야. 그래서 이게 뭔가 싶었지. ‘엄마! 사탕!’ 하면서 손을 펴는데 보니까 사탕이더라. 손에 꼭 쥐고서 얼마나 뛰어왔는지 끈적끈적하게 다 녹아있더라구.”

어머니는 잠시 눈을 감으시더니 그날을 회상하듯 말씀하셨습니다.

‘아니. 사탕은 어디서 났어?’

‘아버지 친구분이 하나 사 주셨어요.’

‘이걸 왜 가지고 왔어? 네가 먹지. 이걸 들고 여기까지 뛰어왔어? 아이고. 땀나는 것 좀 봐라.’

‘이거 동생 갖다 주려고 뛰어왔어요.’

‘동생? 동생 줄려고 그걸 가지고 십리 길을 뛰어온 거냐?’

어머니가 한 템포 쉬어 가십니다.

“그때는 사탕이 금보다 귀했다. 한 50년 됐으니. 지금도 여기 매점 없으면 진산까지 가야 하는데 그 시절은 말할 것도 없지. 세상 좋아졌지. 지금은 흔하디 흔한 것이 사탕이라 그런지 요즘은 있어도 안 먹더라. 그때 사탕 귀한 거야 말도 못했다. 어린 것이 어떻게 그런 생각을 했는지 지금 생각해도 참 신통한 일이야.”

무언가 생각에 잠시 잠긴 것 같았습니다. 말을 고르는 것 같아 보였습니다.

"어린 것이 자기도 얼마나 먹고 싶었겠냐. 그때 내 맘이 기특하기도 하고 한편으로 가슴이 아프더라. 내가 사탕 하나 맘껏 사주지 못해서 어린 것이 동생 준다고 그걸 들고 십 리나 되는 길을 뛰어오다니……. 아마 사탕이 흔했다면 먹고 왔겠지? 그러니 더 속이 짠하더라."

어머니는 속으로 삼키듯 긴 한숨을 내쉬셨습니다.

"너희 형이 그렇게 살았다. 형은 맘이 너무 좋아서 흠이지. 주는 것 좋아 하구. 일하다 보면 별의별 일이 다 있지. 너도 일을 해봐서 알지 않냐. 너도 그럴 것이다. 힘든 일도 많고, 속 아픈 일이 좀 많겠냐? 그걸 누구한테 말하겠어? 다 혼자 속으로 삭이고 사는 거 보면 마음이 아프다. 그 아픈 맘 다른 사람은 몰라도 어미는 다 알지. 자식인데 그 마음을 모르겠냐. 그렇지만 끝은 한없이 좋을 거다. 참는 것이 약이여. 참고 있으면 다 해결된다. 천둥번개가 치면 얼마나 오래 가겠냐? 세월이 가면 크게 웃을 날이 올 거다."

이 말씀을 하시고 어머니가 돌아가신 지도 벌써 수년이 흘렀습니다. 이제는 어머니의 육성으로 고요하면서도 묵직한 지난날 사연의 이야기들을 들을 수 없는 것이 아쉽습니다.

세월은 어김없어 벌써 여름을 식히는 찬바람이 불어옵니다. 바람과 함께 날아가 버리지는 않을까 조바심에 기억 한 조각 붙들고 있습니다. 가을이 오고 겨울이 와도 내 가슴은 어머니의 온기로 따뜻합니다. 형님이 십 리를 들고 뛰어온 그 사탕이 손 안에서 녹듯 제 가슴에 녹습니다. 지금도 생생하게 제 가슴에 남아 험한 세상에 지치고 뜯긴 저를 위로합니다. 60년의 세월이 흘렀지만 그때 먹은 사탕의 여운이 지금도 혀끝에 달콤하게 살아 맴돕니다.

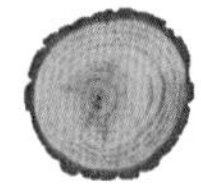

36

인생도 요리하듯이

먹방 프로그램이 인기입니다. 텔레비전 채널을 돌리다 보면 채널 두 개 중 하나는 먹는 것과 연관된 프로그램이 나오는 것 같습니다. 요리법을 소개하고 요리과정 중의 팁을 알려주는 프로그램은 오래전부터 있어왔습니다. 요즘은 단순히 요리 만드는 법을 가르쳐 주는 것이 아니더군요. 게스트들이 모여 앉아 음식에 대해서 이야기도 나누며 맛집을 소개하고 직접 먹어보기도 합니다. 음식 종류별로 1대1 대결을 하기도 하고 냉장고에 있는 음식을 가지고 얼마나 창의적인 요리를 만들어 내는지 요리사들끼리 경쟁을 하기도 합니다. 음식 재료는 10년 전과 크게 달라진 것 같지 않은데 분명 요리는 비교할 수 없이 많아진 것 같습니다. 물론 해외에서 수입되는 다양한 향신료와 재료들이 늘어나긴 했습니다. 그럼에도 무한히 창작되는 요리의 가짓수를 보고 있으면 요리는 예술의 영역이 맞는 것 같습니다.

즐겨 찾는 식당이 하나 있습니다. 그 집 요리사 음식을 좋아해서 종종 방문합니다. 이분이 음식 하는 것을 보면 신기합니다. 어떻게 이렇게 다양한 음식을 만들어 내는지 꼭 마술을 보는 것 같습니다. 진심 가득한 칭찬을 한마디 건네면 이분은 별것 아니라고 합니다. 있는 것을 그냥 섞으면 새로운 것이 나온다며 겸손하게 말씀하십니다. 말이 쉽지 어려운 일입니다. 똑같은 재료를 가지고 똑같은 부엌에서 똑같은 시간 동안 음식을 만들어도 맛은 천차만별입니다. 손맛이라는 것이 있는 거지요. 분명 똑같은 상표의 라면인데 제가 끓인 것과 아들이 끓인 것은 맛이 다릅니다.

요리의 묘미는 응용에 있는 것 같습니다. 기존에 가지고 있던 고정관념을 깨기가 쉽지 않습니다. 그러나 음식은 고정관념을 깨면서 근래 들어 많은 발전을 한 게 아닌가 싶습니다. 라면에 파를 넣으면 파라면, 김치를 넣으면 김치라면, 오징어와 조개를 넣으면 해물라면이 됩니다. 처음에는 그냥 라면이었지만 무언가 더해지면서 새로운 라면이 창조되는 것입니다.

인생도 요리하듯이 해야 합니다. 날마다 회사와 집을 쳇바퀴 돌듯 한다면 재미가 없습니다. 바꿔 본다는 것이 별것 아닙니다. 집으로 가는 길도 방법을 달리할 수 있습니다. 다른 곳을 들렀다 오기도 하고 몇 정거장 전에 내려서 걸어오기도 하면 또 다른 재밋거리가 생깁니다. 구경거리가 생기기도 하고, 그동안 몰랐던 산책길도 찾을 수 있고 헬스장에 들러 운동을 할 수도 있습니다. 어떤 가게들이 생겨나고 어떤 가게들은 없어지는 것을 보면서 요즘 트렌드가 어떻게 변해가나 간접경험을 할 수도 있습니다.

라면에 계란 하나만 추가해도 맛이 달라집니다. 해물과 야채를 더 한다면 맛은 더 달라질 겁니다. 지루하고 평범한 삶 속에 한 가지씩만 추가해도 삶은 풍요롭게 변합니다. 음식 재료 한 가지를 두고도 수십 가지의 다채로운 요리가 가능합니다. 계란 하나만 봐도 삶은 계란, 스크램블, 계란말이, 수란, 계란 후라이……. 수도 없이 많은 형태로 바뀝니다. 익히는 정도에 따라 반숙이니 완숙이니 하지 않습니까? 혹시 인생이 재미없다 느껴진다면 전혀 시도하지 않았던 것을 하나 보태 보세요. 조금만 생각을 바꾸면 인생이 재미있어집니다.

큰 결심이 필요한 게 아닙니다. 악착같이 이를 꽉 물고 각오를 해야 하는 것도 아닙니다. 기존에 해보지 않았던 다른 작은 것과 연결하고 섞으면 됩니다. 노란색이 혼자 있으면 노란색 한 가지 색으로 끝납니다. 빨간색을 조금 섞으면 주황색이 되고 초록색을 조금 섞으면 연두색이 됩니다. 인생도 요리하듯이 새로운 연결을 시도하다 보면 창조적이고 재미있는 삶으로 변화됩니다. 본인이 만든 요리를 먹으면서 곧잘 이런 감탄의 말을 하기도 하지 않습니까?

"누가 한 건지 모르지만 정말 기가 막히게 맛있네!"라고.

37

헤아림의 말 한마디

부모님께서 결혼 60주년을 맞이한 날이었습니다. 뜻있는 날이라 모처럼 어머니께 뭐라도 한마디 해드리고 싶었습니다. 행사를 마치고 어머님께 다가갔습니다.

"어머니, 우리 집이 가난한 데다가 자식들이 많아서 그간 고생 많이 하셨어요. 저희들 이렇게 키워주셔서 감사해요."

“내가 너희 아버지랑 살면서 뭐가 가장 어려운 줄 아느냐.”

“일본에 나라 빼앗기고 6·25전쟁 겪으셨잖아요. 자식들도 많은데 아무 것도 없는 시골에서 먹고 사는 게 제일 힘들지 않으셨어요?”

“아니다. 가난하고 먹을 것이 없어도 너희들 키우는 것은 참고 견딜 만 했지. 네 아버지가 내 마음 알아주지 못하는 것이 가장 힘들었다.”

“…….”

“나한테 시집와서 고생한다는 말 한마디, 잘 해주지 못해서 미안하다는 말 한마디 못 들은 것이 가슴에 한이 된다.”

어머니는 아버지와 결혼하시고 60년을 해로하셨습니다. 몸이 힘들고 고생되었어도 마음을 헤아려 주는 말 한마디를 못 들어서 가슴에 한이 되었다고 하셨습니다. 아버지께서는 당신만 고생했다고 생각하셨는지 모르겠습니다. 아니면 자존심 때문인지 알 수 없지만 한 번도 어머니께 고생한다는 말, 고맙다는 말 한 번 표현하지 않으셨다는 것이 놀라웠습니다. 그 시절에는 결혼한 부인을 하나의 소유물로 생각했을지도 모를 일입니다.

요즘이야 시대가 많이 달라졌지만 제가 보아오던 어른들, 한국 남자들은 좋은 일이든 나쁜 일이든 표현을 잘 안 했습니다. 감정을 있는 그대로 표현하는 것이 좋은 것인지, 감정을 참고 숨기는 것이 좋은 것인지 분간이 잘 안 갑니다. 옛사람들의 정서에는 좋은 것과 나쁜 것을 제대로 표현하지 않는 경향이 있는 것 같습니다.

제가 알고 지내는 의사선생님은 진료 중에 가끔 유행가를 흥얼거립니다.

“무슨 좋은 일이 있으신 겁니까? 왜 노래를 흥얼거리시나요?”
“스트레스 푸는 겁니다. 스트레스 푸는 데 노래만큼 좋은 게 없지요.”

의사선생님의 대답을 듣고 있자니 마음이 짠해졌습니다. 기뻐서 노래를 흥얼거리는 것이 아니라 스트레스를 풀기 위해서 노래를 불렀다니 예전 어머니 모습이 떠올랐습니다. 어린 시절에 어머니와 함께 밭에서 풀을 뽑을 때면 어머니가 흥얼흥얼 노래를 부르신 것이 생각났습니다.

‘그것이 다 신세타령 하신 거구나…….’

그때는 그저 어머니가 뭔가 기분 좋은 일이 있으신 거구나 했습니다. 어려서 어머니의 마음을 알아주지 못한 것이 마음 아팠습니다. 선조들이 말 못 할 사연과 한을 노래로 풀어낸 것처럼 우리도 나름대로 한을 풀어내며 사는지 모릅니다.

자기 표현을 있는 그대로 하고 살기는 참으로 어렵습니다. 집안에서 아버지가 감정을 있는 대로 표현하면 기분이 좋을 때는 괜찮겠지만 나쁜 일이 있으면 집안 분위기가 편안하지 않을 것입니다. 직장에서 모든 사람들이 자기 감정대로 표현하면 직장생활하기가 힘들 것입니다. 조금 힘들더라도 참고 견디고 웃으면서 행동하는 것은 상대를 배려하기 위해서, 위장하는 것도 많습니다. 집에서 부모들이 일이 안되고 힘들다고 그대로 화를 내며 표현한다면 집안이 편치 않을 것입니다.

자신의 감정을 있는 그대로 표현하지 않고 절제할 줄 알기에 인간은 위대한 것인지도 모릅니다. '열 길 물속은 알아도 한 길 사람 마음은 모른다'는 말도 있습니다. 만약 각자 가지고 있는 생각과 마음을 누구나 들여다 볼 수 있다면 인간이 살지 못할 것입니다. 마음속에 있는 것을 상대가 안다면 세상은 혼란스러울 것입니다.

남편이 술 먹고 밤늦게 들어오면 부인은 속으로 별별 생각을 다할 것입니다. 부인이 가정일을 소홀히 하고 밖으로 나돌면 남편도 별별 생각을 다할 것입니다. 내가 저런 것과 살다니 미쳤구나, 예전에 사귀던 사람이랑 결혼했어야 했는데 확 이혼해 버릴까……. 하루에 몇 번씩 격한 감정이 일어나기도 할 것입니다. 부모가 자식을 책망하면 앞에서는 고개 숙이고 듣겠지요. 하지만 속으로는 '너나 잘하세요' 할지 모릅니다. 직장에서도 마찬가지이고 친구나 선후배 사이에서도 예외는 없습니다.

사실 속마음을 서로 모르고 사는 것이 좋습니다. 옆에 애인을 두고 지나가는 여자에게 눈길이 가면서도 아닌 척하는 남자들이나, 멋진 남자에게 눈길을 주는 여자들이나, 서로가 서로의 마음을 다 안다면 부끄러워서 못 살 것입니다. 옷으로 우리 몸을 가리고 다니는 것처럼 우리 부끄러운 생각과 마음을 상대가 알아보지 못하는 것은 인간이 받은 축복일지 모릅니다.

모든 인간 관계도 적당하게 알아야 편안한 것 같습니다. 적당한 거리감이라는 것도 내가 관계하는 각 사람들마다 다를 것입니다. 너무 많이 알려고 하면 불편해지고 너무 관심이 없으면 서운해지는 것이 인간 관계입니다.

간신은 자기 욕망을 감추고 겉으로 충성하면서 자기 욕망을 채우려고 하고 때로는 임금의 자리를 노리기도 합니다. 상대가 가지고 있는 마음을 알지 못하고 간신 같은 자에게 권력을 주면 회사에 문제가 생깁니다. 무엇이든 이득을 취할 수 있는 관계에서는 마음에 없는 행동을 하기 마련입니다.

사람 마음을 제대로 알아주거나 알아보는 것이 보통 어려운 일이 아닙니다. 일반적으로 부모, 자식, 부부간에는 상대를 속여서 이득을 취하려 하지 않습니다. 그러기에 상대의 진실한 마음을 알아주는 노력이 필요합니다. 가장 신경을 써야 하는 것이 가까운 사람의 마음입니다. 신경을 쓰는 만큼 보이는 법입니다.

노동으로 몸이 힘든 것은 휴식을 취하면 됩니다. 일이 잘 안 풀리는 것은 풀리도록 방법을 바꿔가며 노력하면 됩니다. 돈이 부족하다면 불

필요한 지출을 줄이고 형편에 맞게 살면 됩니다. 몸이 아프면 병원에 가서 치료를 받으면 됩니다. 잠이 부족하면 잠을 자면 됩니다. 그러나 마음은 그렇지가 않습니다. 일해서 몸이 피곤한 것은 견딜 만하지만 마음이 지치고 힘든 것은 견디기 힘든 일입니다.

상대의 입장으로 들어가 마음을 헤아려 주는 것은 삶을 살 만하게 합니다. 진실한 말 한마디가 다른 어떤 어려움도 이겨낼 원동력이 되게 합니다. 그 말은 대신 다른 사람이 해줄 수 없는 말입니다. 다른 사람에게 듣는다고 위안이 되지 않습니다. 그날 밤, 어머니에게 아버지 대신 제가 표현한 감사와 위로의 말처럼 말이죠.

38

마지막 소풍의 추억

소풍 가는 날이었습니다. 그런 날은 유난히 아버지 목소리가 더욱 커지십니다. 소풍날이 오면 평소보다 더 많은 호통 소리를 들어야 했습니다.

"공부도 안 하는 데 뭐 하러 가냐? 놀지 말고 소 먹일 풀이나 뜯어라."

그래도 무척이나 소풍이 가고 싶었습니다. 소풍 가서 보물찾기를 하면 연필 하나라도 얻을 수 있는 행운이 올지 모르기 때문입니다. 초등학교 6학년 때, 선생님께서 이번 가을소풍은 태고사로 간다고 하셨습니다. 매년 동네 골짜기로 소풍을 갔었습니다. 올해는 고학년이 되어 먼 태고사까지 가기로 하셨다고 합니다. 그런데 마음에 걸리는 문제가 하나 있었습니다. 제가 다니던 교회 주일학교 선생님인 박 집사님이 부처님은 사탄이라고 했기 때문입니다. 절에는 근처에도 가면 안 된다는 말씀을 늘 하셨기 때문에 저는 어떻게 해야 할지 몰랐습니다. 그래도 소풍에 빠질 수 없었습니다. 집안 형편이 좋은 몇 아이들은 사이다와 김밥, 계란도 삶아왔습니다. 저를 비롯한 대부분의 아이들은 그냥 밥만 달랑 싸갔습니다.

태고사에 도착했습니다. 선생님께서 대웅전으로 우리를 불러 모으셨습니다. 스님 한 분이 본인 소개를 간단히 하시고 태고사에 대한 설명을 해 주셨습니다. 원효대사가 창건한 이야기를 한참 해주시는데 저는 귀에 들어오지 않았습니다. 대웅전에 있는 부처님상이 압도적으로 저의 시선을 강탈했기 때문입니다. 부처님 입술이 빨갛고 살이 너무 찐 것 같이 보였습니다. 부처님이 사탄이라 사람들을 잡아먹어서 입술이 빨간 것인가, 사람을 너무 많이 먹어서 살이 찐 것인가 싶었습니다. 어찌 보면 무섭기도 하고 징그러워 보이기도 하였습니다.

어린 마음에 어떻게든 부처님을 골려주고 싶었습니다. 부처님의 졸개 격인 스님도 놀려주고 싶었습니다. 궁리 중에 머릿속에 번개처럼 떠오르는 것이 있었습니다. 저는 은근슬쩍 부처님께 다가가서 근엄하게 앉아있는 부처님 사타구니를 만지면서 '스님, 부처님은 왜 고추가 없어요?' 하며 스님을 바라보았습니다.

그 순간 저는 너무 놀랐습니다. 스님의 얼굴이 사천왕처럼 변하더니 손에 들려져 있던 목탁을 치는 막대기로 사정없이 제 머리를 후려쳤습니다. '빡'하는 소리와 함께 대웅전은 대낮처럼 밝아졌고 저는 잠시 정신을 잃었습니다. 머리가 깨진 줄 알고 머리를 더듬거리며 만져봤습니다. 이미 제정신이 아니었습니다. '이렇게 죽는구나' 싶었습니다. 그것으로 끝나지 않았습니다. 선생님께서 저를 대웅전 뒤로 끌고 가서는 '왜 이렇게 말썽이냐'고 회초리로 얼마나 맞았는지 모릅니다. 네, 저는 맞을 짓을 했습니다.

세월이 흘렀습니다. 예비군 훈련을 할 때였습니다. 태고사에 기왓장을 나르는 일에 투입되었습니다. 노스님 한 분이 저를 보시더니 시원하게 웃으십니다.

"아니. 저 개구쟁이가 예비군 아저씨가 되었네!"
"스님께서 저를 아시는지요?"
"내 평생에 잊지 못할 개구쟁이지."

가만히 생각해보니 그 스님이었습니다. 까마득하게 잊고 있었던 그

때 일이 불현듯 생각났습니다. 얼굴이 화끈거렸습니다.

"스님, 죄송합니다. 어린 나이라서 몰랐습니다."

면목이 없어 허리를 굽히고 연신 사죄했습니다.

"아니네. 나도 사과하고 싶었네. 어린아이가 뭘 알고 그랬겠나. 나도 혈기왕성하고 수도가 덜 돼서 웃어넘기지 못했네. 화를 참지 못하고 자네 머리를 목탁으로 알고 때려 줬다네!"

저에게 사과를 하시고 돌아선 후에도 한참을 웃으셨습니다. 저도 입가에 미소가 번졌습니다. 부처님이 사탄이라고 목 놓아 가르치신 박 집사님은 더 이상 세상에 안 계십니다. 아마 지금쯤 부처님은 사탄이 아니라는 것을 아시게 되지 않았나 싶습니다.

종교의 호불호를 넘어서 상대가 소중히 여기는 것을 존중해야 한다는 것을 뒤늦게 알았습니다. 어떠한 인과관계와 애틋한 사연이 숨어있을지 모를 일입니다. 제가 저의 종교를 선택한 것처럼 말이죠. 스님이 건강하게 오래 사시길 바라는 마음으로 저의 두 번째 태고사를 떠났습니다. 머리가 빠개지게 아팠던 소풍이었지만 평생 잊지 못할 마지막 소풍이 되었습니다.

39

밀알에서 다시 밀알이 되기까지

소나무를 심었습니다. 이제 막 나무에 대해서 배워가던 터라 모르는 것이 많았습니다. 어느 날 보니 소나무 한 그루에 솔방울이 수없이 많이 열려 있는 것입니다. 나무는 때가 되면 열매를 맺듯이 소나무도 그런가 보다 했습니다. 이걸 어떻게 해야 하나 하는 참에 나무 전문가에게 물었습니다. 예상했던 거와는 완전히 다른 대답을 듣게 되었습니다. 소나무가 아픈 것 같다고 합니다. 나무들이 영양상태가 좋지 않고 환경이 나빠지면 솔방울을 많이 맺는다는 것입니다. 자기가 죽게 생겼으니 최대한 종족을 많이 번식시키고 죽으려 한다는 것이었습니다.

나무 전문가의 설명을 듣고 있자니 생명의 오묘한 원리에 심취되는 것 같았습니다. 식물의 종족 번식에는 특성이 있습니다. 자기가 썩는다는 것입니다. 자신의 희생 없이 종족 번식이 되는 경우는 없습니다. 밀알이든 콩이든 벼든 무엇이 되었건 간에 열매를 맺으려면 씨앗이 썩어야 합니다. 그래야 새로운 싹이 나오고 식물이 커 열매를 맺게 됩니다. 썩어서 없어지는 것 같은데 자신의 DNA를 지닌 새로운 생명으로 다시 태어납니다.

만물이 순환하는 것과 같은 이치입니다. 사람도 그렇지요. 부모는 자식을 낳고 한없이 사랑하며 자신을 희생합니다. 자식을 남기고 결국 죽습니다. 엄밀히 말하면 자신이 죽은 것이 아니라 새로운 생명체 속에 자신을 남기고 사라지는 것이겠지요.

성경의 한 구절에 밀알 이야기가 있습니다. 밀알은 말 그대로 밀의 낱알을 뜻하지만 어떤 일에 작은 밑거름이 되는 것을 비유적으로 이르는 말로 주로 사용됩니다. 씨가 썩고 땅속에 묻혀 죽어 버리는 자기 희생과 고통의 과정을 나타냅니다. 그 과정을 거쳐야만 꽃을 피우고 열매를 맺는다는 자연의 섭리를 함축적으로 보여주고 있습니다. 슬프면서도 아름답습니다. 고귀하면서도 소중한 삶의 비밀입니다.

'한 알의 밀이 땅에 떨어져 죽지 아니하면 한 알 그대로 있고 죽으면 많은 열매를 맺는다'고 합니다. 밀이 열매를 맺기까지는 과정이 있습니다. 먼저 씨가 땅에 떨어져 밭의 흙 속에 묻힙니다. 씨는 뿌리를 내고 수분을 흡수합니다. 씨가 썩어 새싹의 영양분이 됩니다. 싹이 잎을 내고 흙 속에 뿌리를 내리고 자립할 때까지 씨는 영양을 공급하며 점점 빈 껍데기가 되어갑니다. 이때 씨는 완전히 썩어 밑거름이 됩니다. 이렇게 자란 싹은 몇 개월 후 열매를 맺기 시작하는데 한 이삭에 100개 이상의 알곡이 맺히게 됩니다.

밀알 하나가 얼마나 작습니까. 미약하지만 이미 밀알은 무한하게 뻗어 나갈 수 있는 생명력을 갖고 있습니다. 죽고 썩어지는 희생이 있어야 열매가 맺히는 겁니다. 가만히 있는 한 알의 밀은 1년이 지나도 10년이 지나도 한 알 그대로 있습니다. 열매를 맺어가는 과정 중에 있는 우리에게 밀알은 인생을 살아가는 진리를 가르치는 듯합니다.

내 것에 얽매이지 않고 자유로울 때 우리에게 더 좋은 길이 열릴 수 있다는 것을, 혼자 잘났다고 고집으로 자존심에 집착하는 것을 멈출 때 우리에게 더 나은 것이 다가올 수 있다는 것을, 가진 것이 적다고 능력이 없다고 낙심할 필요가 없다는 것을 알려주고 싶은 것 같습니다.

작더라도 크게 될 가능성을 보고, 안 되더라도 잘 될 희망을 보고 없음에도 풍요로움의 눈을 뜬다면 밀알의 교훈은 우리에게 그 역할을 다

한 것일 겁니다. 아직도 많은 것들이 가능합니다. 없는 것을 있게 할 수 있습니다.

우리 모두는 '다음'이라는 재생의 열매를 얻기까지의 그 길을 걷고 있습니다. 그래서일까요? 가끔 삶에 지치고 힘들고 주저앉고 싶은 순간이 와도 그 순간조차도 번영의 시간을 보내고 있는 것이 아닐까 합니다. 그런 생각에 또다시 일어날 힘을 얻곤 합니다. 자신을 희생하고 삶의 과정 중에 아픔을 느껴야 했던 모든 씨앗들이 수없이 많은 새로운 생명을 뿌리 내리게 했으니까요.

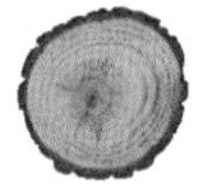

40

사랑은 삶

영화를 보고 있었습니다. 영화 속 멋진 남자가 그윽한 눈빛으로 한 여자를 쳐다봅니다. "나는 당신을 위해서라면 목숨을 걸 수 있어"라고 말합니다.

여자는 행복에 취해 남자에게 안깁니다. 여자분들이 꿈꾸는 로맨틱한 장면이지요. 얼마나 사랑하면 목숨까지 던질 수 있다는 말을 할까 싶습니다. 혹시 부러우십니까? 부러워할 것 하나 없습니다.

얼마 전 한 설문조사 기관에서 애인이 있는 남자에게 물었습니다. 질문은 '당신이 만나고 있는 여자를 위해 목숨을 걸 수 있습니까?'였습니다. 설문조사 결과 남자들은 88%가 그럴 수 있다고 대답했습니다. 다음 질문이 재미있습니다. '지금 만나고 있는 여자가 원할 때마다 3년 동안 마트에 함께 장을 보러 갈 수 있습니까?'였습니다. 10명 중 2명은 할 수 있다고 답했습니다. 남자에게는 죽는 것보다 어려운 것이 3년 내내 마트에 가는 것입니다. 그러나 목숨을 걸겠다는 나머지 8명의 사람은 그것은 못한다고 합니다.

무엇이든 한 번으로 끝내는 건 할 수 있습니다. 마음 한번 딱 먹으면 할 수 있는 겁니다. 나라를 위해 목숨을 버리는 건 할 수 있습니다. 그런데 하기 싫은 그 괴로움을 오래 참고 견디며 해내는 것은 힘이 드는 겁니다. 삶이란 그런 겁니다. 마트에 갈 때마다 같이 장 보러 가 주는 것, 빨래를 대신 해 주는 것, 식사 후에 설거지를 해 주는 것, 항상 분리수거를 잊지 않고 해 주는 것, 그게 어려운 겁니다. 단번에 '너를 위해서 죽어줄게' 하고 뛰어내리는 건 쉽습니다. 하지만 매일 반복되는 일상은 쉽지 않습니다.

사회생활을 하고 직장에 나가 돈을 버는 것이 쉬운 것은 아닙니다. 상사 눈치를 봐야 하고 업무 성과를 내야 하고 분기마다 근무평가에 절절맵니다. 똑똑한 후배들이 밑에서 치고 올라와 혹여 이 나이에 정년퇴임하라는 소리가 나오지 않을까 전전긍긍합니다. 소통이 안 된다며 꼰대

소리 들어가면서도 버팁니다. 기다리던 월급날이 되어도 기쁨은 잠시일 뿐입니다. 월급은 내 통장을 스쳐 지나갑니다. 온갖 자동이체와 카드 값으로 날아가 나와는 즉시 이별합니다.

자녀를 낳아 키우는 것도 쉬운 것이 아닙니다. 10달 고생하고 조심조심해서 낳을 수 있습니다. 물론 아이를 낳는 것도 보통 일이 아니죠. 그러나 10년 20년 30년 키우는 것보다 쉽습니다. 아기 때는 영양 상태와 발육에 신경 쓰고 무엇을 가르치고 어떻게 훈육해야 할지 매달립니다. 학업상태에 신경 쓰고 자녀의 인성과 자질에 신경 쓰고 건강을 예의주시합니다. 성인이 되었다고 끝난 것도 아닙니다. 취업과 결혼에 맞물린 많은 이슈들을 함께 고민하고 독려합니다. 일상이 어려운 것입니다. 일상을 유지하면서 더 나은 삶을 살고자 발버둥 치는 것이 어려운 것입니다.

운동을 해 보신 분들은 아실 겁니다. 빠른 속도로 무거운 중량을 들고 운동을 하면 100개는 충분히 할 수 있습니다. 매우 느린 속도로 같은 중량을 들고 운동을 하면 10개도 제대로 하기 힘듭니다. 천천히 속도를 낮추고 자세를 유지하면서 운동을 하면 같은 운동일지라도 속도를 빨리 내는 것보다 훨씬 힘듭니다. 뭐든 단박에 해치우는 것은 할 수 있습니다. 꾸준히 하는 것이 어렵습니다. 천천히 같은 강도로 같은 속도를 유지하면서 그것을 감내하는 것은 결코 쉬운 것이 아닙니다.

사랑도 그렇습니다. 뜨거운 감정이 북받쳐서 너 없으면 죽고 못 산다는 사람들이 있습니다. 가까이 가면 데일 정도로 뜨겁습니다. 뭘 못해줘서 안달이 나고 보고 싶어서 밤새 잠을 못 이룹니다. 부르면 열일 제쳐놓고 달려갑니다. 그런데 그게 오래 가지를 않습니다. 10년 20년 30년 가지 않는다는 말입니다.

10년 20년 30년 사는 것은 삶이기 때문입니다. 결혼은 생활이기 때문입니다. 한 번에 사랑을 확 쏟아부어 활활 타오르는 것보다 평생을 한 마음으로 변하지 않고 사랑하기가 힘든 겁니다. '사랑한다'는 말이 중요한 것이 아닙니다. '사랑하니까 대신 죽어 줄 수 있다'는 말에 감동이 있는 것이 아닙니다. 일상 중에 하는 행동을 보면 알게 됩니다. 얼마나 사랑하는지 말입니다.

제5장

그래도 꽤 괜찮다

41

안녕 돼지야

60년대 초반이었으니 제가 초등학교에 다닐 때였습니다. 늘 굶주려 다니는 것이 일상이던 시절이었습니다. 그래서 설이나 추석 같은 명절을 내심 기다리곤 했습니다. 고깃국을 구경할 수 있는 유일한 시기였기 때문입니다. 설날이 되면 동네에서 돼지 한 마리를 잡았습니다. 한 집에 한두 근씩 나누어 가지고 가서 전을 부치고 고깃국을 끓입니다. 그러나 돼지가 장화 신고 지나간 격입니다. 군대 훈련소에서 쓰던 말인데 고깃국에 고기는 없고 멀겋게 국물만 나오는 것을 말합니다. 돼지 발끝조차 담기지 않은 것 같다는 의미에서 돼지가 장화를 신고 지나갔다고 표현합니다. 한 집안에서도 어른들 있지, 식구는 많지, 본인 국그릇에 돼지고기 한두 점 들어오면 그해는 운수대통인 격이었습니다.

초등학교 6학년 때, 선생님은 돼지 새끼를 사서 키우자고 하셨습니다. 학교를 졸업하기 전에 추억거리도 만들어주고 겨울이 되면 방학식에 잔치를 열어주려 하신 겁니다. 반 학생들이 모두 돈을 모아서 돼지를 사기로 했습니다. 저는 집에 가서 아무 얘기도 꺼내지 못했습니다. 사연을 이야기하여도 돈이 없어 못 줄 것이 뻔하니 애초에 생각도 안 했습니다.

며칠이 지나 선생님은 우리 반 돼지를 사 오셨습니다. 아이들은 학교 뒤편으로 우르르 몰려가 막 안에 있는 작은 돼지 새끼를 구경했습니다. 우리는 당번을 정하여 돌아가며 돼지를 키우기로 했습니다. 당번에 해당되는 날이 되면 근처 동네에서 구정물을 양동이에 담아오고 집에서 겨 껍질이나 보리 껍질을 가져와 돼지 밥을 주었습니다. 저도 당번을 빠지지 않고 돼지 살찌우는 데 열심히 동참했습니다. 우리들의 열성에 돼지는 무럭무럭 자랐고 우리들은 어느덧 졸업할 때가 되었습니다. 초등학교 마지막 방학을 하는 날, 선생님께서 우리를 모아놓고 상기된 목소리로 말씀하셨습니다.

"너희들이 이제 얼마 안 있으면 졸업을 한다. 그동안 학교 다니고 돼지도 키우느라 수고가 많았다. 내일 졸업식 연습이 끝나면 여기로 다시 모여라. 너희들이 키운 돼지를 잡아 잔치를 할 예정이다. 우리 모두의 힘으로 키운 거니 한 명도 빠지지 말고 모두 꼭 와야 한다. 알았지?"

"네!"

아이들은 신이 나서 교실이 떠나갈 정도로 우렁차게 답했습니다. 그날 학교를 파하고 돼지우리에 갔습니다. 토실토실한 돼지가 먹을 것을 주는 줄 알고 저에게 다가왔습니다. '안녕. 돼지야.' 마지막 인사를 하고 집으로 왔습니다.

돼지를 잡는 날, 저는 학교에 가지 않았습니다. 처음 돼지 새끼를 살 때 돈을 내지 않았기 때문입니다. 학교를 안 가고 집에 있으니 어머니께서 한마디 하셨습니다.

"애들 다 학교 가던 데 너는 안 가냐?"

"네. 안 가도 돼요. 중학교 가는 아이들만 가요."

어머니는 물끄러미 저를 쳐다보셨습니다. 더 말씀 안 하시고 긴 한숨을 내쉬며 부엌으로 들어가셨습니다. 다음날 졸업식이었습니다. 선생님께서 저를 부르셨습니다.

"다른 애들 다 나왔는데 너만 빠졌어. 왜 안 왔느냐?"

시선을 어디에 둬야 할지 몰라 고개를 숙이고 있었습니다. 저는 선생님께 아무 말도 하지 않았습니다. 선생님도 아무 말씀 안 하시고 제 머리를 몇 번이고 쓰다듬어 주셨습니다.

어머니께서는 제가 말을 배우기 시작한 때부터 늘 가르침의 말씀을 하셨습니다. '사람이 앉을 자리 설 자리 알아야 한다. 골라서 앉아야 한다.' 라고요. 어머니는 자존심이 강한 분이셨습니다. 어머니의 음식 솜씨가 좋아 동네에서 잔치가 열릴 때면 항상 어머니를 부르십니다. 대개 잔칫집에서 어머니가 부침도 부치고 음식을 만들면 아이들이 그 집에 가서 음식을 얻어먹습니다. 그러나 저의 어머니는 우리 형제들이 잔칫집 근처에 얼씬도 못 하게 하셨습니다.

"먹는 것은 추접스러운 것이다. 안 먹어도 안 죽는다. 정 먹고 싶으면 내가 가져다줄게. 욕을 먹어도 내가 먹지. 자식이 눈치 보며 얻어먹는 것 나는 절대 못 본다. 그것도 공짜가 아녀. 나중에 다 갚아야 하는 거여."

어머니의 평소 가르침 때문이었는지 모르겠습니다. 저는 돼지 잡는 날 학교에 가지 않았습니다. 지금 돌이켜보니 선생님과 저는 무언의 대화를 나누었던 것 같습니다. 먹는 것이 너무 귀했던 시절, 일 년 내내 돼지 당번을 하며 잔칫날만 기다렸을 어린 마음을 아셨을 것입니다. 왜 오지 않았냐는 물음에 답할 수 없었던 제 마음에 상처가 남을까 뭐라 말을 덧붙이지 못하고 조심스레 몇 번이고 쓰다듬어 주셨을 것입니다. 반세기라는 세월이 흐른 지금도 그 기억이 먹먹하게 남아 있습니다.

42

단풍이 물들기까지

올해처럼 아름다운 단풍을 본 적이 없습니다. 단풍 하나하나가 가지각색의 총천연색으로 아름답게 물들었습니다. 같은 나무임에도 같은 단풍잎이 없습니다. 미세하게 제각각 다른 빛을 내고 다른 모양을 띕니다. 이른 봄부터 가지마다 새싹을 내며 시작했지만 이 눈부신 단풍을 보는 기간은 매우 짧습니다. 날마다 색이 달라지니 어제 본 그 단풍은 오늘 단풍이 아닙니다.

자연이 참 신비롭습니다. 단풍이 이렇게 아름답게 물들기 위해서는 여러 가지 조건과 환경이 맞아야 합니다. 올해는 비도 적당히 오고 온도가 적당하게 맞았나 봅니다. 아름다운 단풍이 되기까지는 여러 가지 일들을 겪어야 합니다. 겨울의 추위를 견뎌야 하고 때로는 비가 오지 않아서 목마름의 고통을 받아야 합니다. 비바람 모진 폭풍을 견뎌야 하고 가을의 찬 이슬을 맞아야 나뭇잎에서 아름다운 단풍으로 변화됩니다.

단풍 한 잎이 만들어지는 데도 이렇게 복잡한 과정을 거치는데 사람이 하나 만들어지기까지 얼마나 힘든 일들이 많았을까 싶습니다. 그렇게 만들어진 사람도 빛을 보는 것은 붉은 단풍이 바람에 떨어지듯이 짧은 순간에 지나가 버립니다. 모진 비바람 속에서 참고 견디며 살아온 사람들이기에 하나하나 모두가 존귀한 존재이고 인정받아야 할 가치가 있는 것입니다.

단풍의 아름다움에 심취되어있던 것도 잠시. 단풍을 보고 있자니 이렇게 허무하게 갈 우리네 삶이 서글퍼졌습니다.

“올해도 한 것이 없는데 다 갔네”

저도 모르게 한마디 툭 튀어나옵니다. 돌아보면 한 것도 없는 것 같아 허전해서 뒤를 돌아보고 싶지 않습니다. 단풍을 등지고 돌아서려니 발뒤꿈치가 따갑습니다. 왜 아픈가 하고 양말을 벗고 보니 발뒤꿈치가 다 갈라져 피가 나고 있었습니다. 한 손으로 뒤꿈치를 움켜잡고 있으니 이런 생각이 들었습니다.

'발뒤꿈치가 갈라져서 피가 날 때까지 부지런하게 돌아다니고 열심히 한 것 같은데 도대체 내가 뭘 했나?'

돌아보니 특별하게 한 것이 없는 것 같습니다. 내 나이가 몇인데 이렇게까지 살 필요가 있는가 하는 생각이 들었습니다. 제가 어릴 적 어머니께서 주무실 때 손을 잡아보면 손이 성한 데 없이 갈라져 있었습니다. 무엇이라도 해 드리고 싶은데 할 수 있는 게 없어 눈시울이 붉어졌던 일이 여러 번 있었습니다.

'어머니께서 이렇게까지 살아야 하셨나? 그렇게 하셨어도 평생 나아진 것이 없고 마음 편히 사신 적이 없을 텐데…….'

모든 것이 부질 없는 것 같았습니다. 왜 어머님은 미련하게 그렇게 살다 가셨나 가슴이 아팠습니다. 그런 제가 일흔을 바라보는 나이에 발뒤꿈치의 피를 훔치고 있습니다. 나도 어머니처럼 미련하게 살고 있었다는 것을 알았습니다. 어머니가 옆에 계시다면 한마디 드리고 싶었습니다.

'어머니, 저도 어머니처럼 살고 있습니다.'

이것이 진정 내가 바라던 인생인가 생각하게 됐습니다. 뭐라도 찾아서 바르려고 일어나는데 허리가 아파서 무심결에 "아이고, 허리야" 소리가 납니다. 일어나니 머리가 핑 도는 게 어머니께서 머리가 어지럽다고 하시던 것이 이런 것이었나 했습니다.

'이렇게 살면 안 되지, 좀 여유 있게 살아야지' 하면서도 하루를 여유 있게 살지 못합니다. 이렇게 가을이 되고 낙엽이 질 때면 이런저런 생각이 납니다. 나이를 어느 정도 먹고 보니 인생을 되돌아보게 되고 생각이 깊어집니다. 나는 그동안 무엇을 위해서 살았는지 사람답게 살았는지 묻고 있습니다. 열심히는 산 것 같은데 남은 게 별로 없어 보입니다. 이것이 인생이려니 생각합니다. 내 삶의 틀을 벗어나 보고 싶어서 돌아보고 생각해봐도 내 틀을 벗어나지 못하고 주위를 맴맴 돌고 있습니다.

'어머니, 아버지. 이게 인생인 거지요?'

이제 인생을 마무리할 즈음입니다. 인생의 황혼기, 단풍의 기간만큼 짧습니다. 짧지만 가장 아름답고 황홀한 시기입니다. 나의 황혼도, 당신의 황혼도 올해 단풍처럼 아름다우면 좋겠습니다.

43

왜 안 되는데?

서울에 일이 있어 약속 장소로 가는 길이었습니다. 횡단보도 앞에서 신호를 기다리고 있는데 옆에 서 있는 사람들의 목소리가 들렸습니다. 건너편에 서 있는 어떤 사람을 보고 나누는 대화 같았습니다.

"쟤는 머리를 왜 저런 색으로 염색을 했대?"

"그러게. 그런데 옷 입은 게 더 이상한데?"

“되게 웃긴다.”

누구를 말하는 것인지 한눈에 알아볼 수 있었습니다. 독특해 보이는 파란 머리색과 노란 형광색의 옷을 입고 있는 사람이 보였습니다. 신호가 바뀌어 길을 건너 약속 장소로 향했습니다. 약속 장소에 도착하니 만나기로 한 분이 일찍 와서 기다리고 있었습니다. 자리에 앉자마자 한 마디 하기 시작합니다.

“왜 저렇게 핸드폰만 들여다보고 있는지 모르겠습니다. 여기 한번 둘러보세요. 혼자 있는 사람들은 물론 여럿이 앉아있는 사람들도 각자 핸드폰에서 시선을 떼지 못하고 있네요. 하하하. 참나, 재미난 세상이 되었습니다.”

주위를 둘러보니 10개의 테이블 중에 8개의 테이블은 정말 핸드폰을 들여다보고 있었습니다. 일행이 있는 사람들도 핸드폰 화면에 빠져 있었습니다. 한 바퀴 둘러보고 고개를 바로 하자마자 그분이 얘기를 계속하기 시작했습니다.

“왜 저런 것을 돈 주고 사 먹는지 모르겠어요. 음식을 제대로 먹어야지. 저건 디저트인지 빵인지 몸에도 좋지 않을 텐데 말입니다. 가격도 비싸던데 요즘 애들은 돈이 많은가 봐요.”

남녀노소 할 것 없이 자신은 옳고 타인이 틀렸다고 생각하는 세상인 듯 합니다. 자신의 눈에 이상하면 정상이 아닌 것으로 쉽게 치부해버립니다. 남을 보고 '저건 아니지'라는 말을 참 쉽게 내뱉습니다. '쟤는 왜 그런대?', '쟤는 왜 저러고 산대?', '쟤는 왜 그렇게 생각을 한대?' 이런 말이 얼마나 많이 들리는지 모르겠습니다. 누군가 내 머리를 그렇게 하겠다는 것도 아니고 본인의 머리를 본인 마음대로 하겠다는 걸 어떻게 합니까? 옷을 본인 취향대로 입겠다는데 어떻게 할 겁니까?

그런 곳에서 또 새로운 패션이 나옵니다. 그동안 생각하지 못했던 것들이 시도되면서 익숙함을 깨고 지속적으로 창조가 일어나고 있는 겁니다. 독특한 사람들이 모인 사회가 발전이 빨라지고 개성이 존중되면서 더 선진화되는 것이 아닌가 생각합니다. 선진화는 다양성을 인정하는 것입니다. 창의적인 것들은 독특함에서 나옵니다.

성경을 보면 노아라는 인물이 나옵니다. 하나님께서 노아를 시켜 배를 만들게 하는 장면이 있습니다. 그런데 그 배를 산에다 만들었어요. 가만히 보면 하나님께서는 미친 것 같은 일을 시킨 겁니다. 물로 다니는 배를 산에 만들고 있으니 동네 사람들에게 무슨 소리를 들었을까요. 아마도 미친놈 소리 엄청나게 들었을 겁니다. '드디어 노망이 들었네.', '산에 배를 만들다니 단단히 미쳤네.' 하지 않았을까요. 노아의 가족들이라도 이해를 했는지 모르겠습니다.

세상에서 벌어지는 일들을 보면 우리의 머리로 이해할 수 있는 것들이 생각보다 많지 않습니다. 왜 벌어지는지도 모르고 어떻게 벌어지는지도 모르는 것 투성입니다. 인체만 봐도 그러합니다. 신비한 것이 한두 가지가 아닙니다. 음식을 먹으면 소화가 되어 뼈와 살이 됩니다. 지식으로서 작동 원리는 이해하고 있지만 사실 어떻게 이루어지고 있는지 아무도 알지 못합니다. 눈물이 날 때도 어떤 경우에 눈물이 나는 건지 배워서 알고는 있지만 그저 머리로만 알 뿐입니다. 왜 눈물이 흐르는지 모르고 몸 안의 어떤 작용으로 이런 현상이 벌어지는지 밝히지 못합니다.

상상도 못했던 일들이 벌어지는 세상에 우리가 살고 있습니다. 발전이 가속화 되면서 해가 바뀔 때마다 체감하는 변화의 폭도 커지고 있습니다. 지금 태어난 아이들은 손에 핸드폰을 쥐고 태어나지만 30년 전만 해도 개인이 자신만 사용하는 전용 전화기를 들고 다니게 될 줄 누가 알았겠습니까? 누군가 '왜 저런 걸 공부해?'라고 했을 특정 분야의 연구가 누적되어 상상도 못했던 일들이 가능해지고 있습니다. 달나라를 가고, 유전자 복제가 이루어지고 어벤져스 같은 영화가 나올 수 있었던 것은 누군가 이상하다고 생각하거나 '왜 그런 걸 하냐?' 조롱하고 핀잔 듣던 것을 시도한 결과입니다.

세상에 '반드시 이래야만 한다'라는 것은 없습니다. 옳고 그름이 있는 게 아니라 다른 것뿐입니다. '이게 정상이다'라는 것도 없습니다. 나머지를 이상한 것으로 치부하면 안 됩니다. 엉뚱하고도 기발한 생각들이 자유로이 구현될 수 있는 분위기 속에서 새로운 것이 나옵니다. 창의적인 생각을 할 수 있는 기반을 마련해 줘야지, 울타리에 짐승 가두듯 하면 안 됩니다. '하지 마' 하고 울타리를 치는 순간 사람은 그 범주를 벗어나지 못합니다.

자신의 눈에 편안하고 익숙한 모습이 아니라 하더라도, 자신의 기준에 정상처럼 보이지 않아도 혹은 좀 이상해 보여도 기존의 한계를 넘어서고 있는 것입니다. 넓은 마음으로 개성의 다양성을 존중해 주세요. 세상 눈치 보지 않고 타인의 시선을 의식하지 않아야 창조적이고 역동적인 도전이 이루어질 수 있습니다. 그들 중 세상을 살릴 노아 같은 어떤 미친놈이 있을지 모릅니다. 혹시 압니까? 내년에 그들 중 하나가 나의 삶을 한 단계 업그레이드해 줄 기가 막힌 제품을 내 품에 안겨줄지 모르는 일입니다.

44

나에게 남은 시간

결혼식보다 상갓집에 가는 날이 점점 잦아지고 있습니다. 그래서인지 익숙한 환경이 되어버렸습니다. 상주와 인사를 나누고 돌아가신 아버님 연세가 어떻게 되는지 물었습니다. 상주는 부친께서 76세라고 하였습니다. 저와 동행한 분이 호상이라 하였기에 '오래 사셨구나' 생각하고 간 자리였습니다. 저보다 9살 더 많았습니다. 그분 만큼만 산다고 하면 제 인생은 9년밖에 남지 않은 것입니다. 갑자기 뭐에 맞은 듯 멍해졌습니다. 그리고 생각해 보았습니다.

'내게 9년밖에 시간이 남지 않았다면…….'

흔히 듣기 좋은 말로 '인생은 육십부터'라고 합니다. 그런데 막상 육십에 은퇴하고 나면 딱히 할 것이 별로 없습니다. 일거리도 별로 없는 데다가 식당이나 카페에 가도 손님 떨어진다고 싫어합니다. 나이를 먹으면 다 꼰대가 아닐 것인데 나이만 먹어 보이면 모두 꼰대라는 잣대를 들이댑니다. 나이가 들어도 대부분 본인 스스로는 '마음은 청춘'이라고 생각합니다. 그러나 나는 생각이 젊으니 꼰대가 아니라고 우길 수도 없는 노릇입니다. 나이를 먹으면 그냥 꼰대로 순응하면서 살아가야 합니다.

내 맘대로 내 의지대로 살아왔다고 자부했었습니다. 하지만 어려서부터 내 맘대로 한 것이 얼마나 되나 생각해보니 막상 잘 떠오르지 않습니다. 밥 먹는 것만 하더라도 집에서 학교에서 직장에서 내 마음대로 먹어본 적이 얼마나 될까요? 친구가 만나자고 하면 거절할 수 없어 어쩔 수 없이 만나야 했던 날은 얼마나 많습니까? 회사 회식 자리에 내키지 않아도 상사 눈치에 억지로 간 적이 얼마나 많습니까? 퇴근을 해서 내 맘대로 시간을 자유롭게 쓴 것이 얼마나 됩니까? 주말이나 일찍 퇴근한 날 집에서 쉬고 싶지만 애들하고 같이 놀아주어야 합니다. 그놈의 체면 때문에 상갓집, 결혼 예식장을 수도 없이 다녀야 했습니다.

자유의지대로 살았다 하지만 곰곰이 생각해보면 내 마음대로 자유롭게 산 날이 얼마 되지 않아 보입니다. 지금까지 살아온 인생을 돌아보니 하고 싶은 것 해보지 못하고, 상황에 따라 눈치 보면서 눈치껏 살아온 날이 더 많습니다. 힘들어도 참아야 했고 견뎌야 했습니다. 왜 그랬나 생각해 보면 다 먹고 살자고 한 짓입니다. 먹고 산다는 게 쉬운 것 같지만 힘든 일입니다.

70살이 다 되도록 살아봐도 알지 못하는 것들 투성입니다. 갑자기 억울한 느낌이 들었습니다. 어려서는 빨리 어른이 되었으면 하는 마음으로 살았습니다. 어느 날 시간이 빨리 간다는 것을 알게 되었을 때는 장년기로 접어든 나이였습니다. 인간에게 영원한 시간이 주어진다면 무슨 걱정이 있겠습니까? 무한정 시간이 주어진다면 못 할 것이 없습니다. 유한한 시간이기에 더욱 귀해집니다. '시간은 금이다'라는 말씀은 세상에서 가장 귀하다는 것을 표현한 것뿐이지 사실 시간은 금 이상입니다. 시간은 생명과 같습니다.

사람들이 어떻게 살아야 할지를 고민합니다. 이런 고민은 무언가 일이 잘 안될 때 하는 생각입니다. 이런 고민하기 전에 나는 언제 어떻게 죽을 것인가를 먼저 생각해봐야 합니다. 나의 삶이 얼마나 남았는지 알지도 못하면서 어떻게 살까를 고민하는 것은 의미가 없습니다. 내일 죽을 사람이 1년 후 내가 어떻게 살 것인가를 고민한다면 무슨 의미가 있겠습니까.

얼마의 시간이 남았는지 아는 사람은 아무도 없습니다. 그러니 더욱 진지하게 죽음을 생각해 봐야 합니다. 죽음을 알아야 삶을 알 수 있습니다. 자동차에는 연료계기가 있어서 언제 차가 멈출지 어느 정도 알 수 있지만 인간은 언제 멈출지 알 수 없습니다.

모든 사람이 죽는다는 것을 머리로는 알지만 정작 내가 죽는다는 생각을 하지 않기 때문에 삶이 달라지지 않습니다. 내가 며칠 있다가 죽을 것을 아는 사람이라면 집사람과 핏대 세우며 싸울 사람 있겠습니까? 한 달 후에 죽는다면 누가 지금 악착같이 돈을 모으겠습니까? 내가 내일 죽는다면 오늘을 어떻게 보내겠습니까? 죽음 앞에는 돈도 권력도 명예도 다툼도 아무런 의미가 없습니다.

시간이 귀한 것은 한계가 있기 때문입니다. 어떤 것을 주고도 살 수 없으며 연장할 수도 없기에 귀합니다. 인간은 태어나면서 자신이 쓰고 갈 시간이 정해져 있습니다. 몸 관리를 잘 한다면 백 년을 살 수도 있습니다. 하지만 운동경기처럼 시간이 누구에게나 동일하게 보장된 것이 아닙니다. 사고나 병이 언제 닥칠지 모릅니다.

무엇을 하고 살까 어떻게 살까 고민하기에 앞서 먼저 죽는 날을 떠올려 보세요. 한정된 시간을 어떻게 써야 하고 무엇을 해야 할지 답도 달라질 것입니다. 당신의 우선순위가 달라질 수밖에 없습니다. 자신의 마지막을 진지하게 생각한다면 삶이 달라집니다.

내게 9년밖에 시간이 남지 않았다면 오늘 무엇을 해야 후회가 없을까 사색에 잠겼습니다. 9년 후의 날을 내가 맞을 수 있을지도 없을지도 모른다는 사실이 오늘을 더 부둥켜안게 합니다.

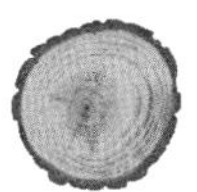

45

여행은 진짜 모습이 드러나는 시간이다

가장 좋아하는 음식 하나를 고르라면 자연산 회를 고를 것입니다. 가장 즐거운 것을 떠올리라고 하면 여행을 꼽을 것입니다. 많은 분들도 여행이라 답할 것 같습니다. 여행이 즐거운 이유는 일상에서 벗어나기 때문인 듯합니다. 해방감을 느낄 수 있고 원하는 곳으로 갈 수 있는 자유가 주어집니다. 일상을 벗어나 먹고 마시고 놀고 수다 떨고 누구나 소탈하게 대할 수 있는 여행은 행복한 것을 모두 모아 놓은 선물세트 같습니다. 여행을 가면 나이, 국적, 신분, 직책을 모두 내려놓게 됩니다. 눈치 안 보고 아무하고나 친구가 될 수 있고 다양한 경험을 하게 됩니다. 요즘은 여행이 나를 얼마나 행복하게 하는지, 내 삶을 얼마나 풍요롭게 하는지 수많은 이야기와 사진들이 온라인에 올라오고 있습니다.

젊어서 가는 여행도 좋지만 나이 들어서 떠나는 여행은 여행 이면의 또 다른 것들을 발견하는 재미를 선사합니다. 그중 하나를 소개한다면 여행은 그 사람의 진면목을 드러나게 한다는 것입니다. 직장과 가정에서는 일정한 규칙이 있기 때문에 일정 범위 안에서 자신을 드러냅니다. 아무런 규제와 틀이 없는 완전히 자유로운 상태가 되면 그 사람의 실체가 나타나게 됩니다. 책임과 의무 등 해야 하는 것들에서 벗어나 자기 본성대로 할 수 있으니 개인의 진면목이 나옵니다.

이 작은 땅덩어리에서도 살다 보면 별별 다양한 사람들과 마주하게 됩니다. 다른 나라를 돌아다니다 보면 비행기에서부터 관광지, 식당, 숙소에 이르기까지 기상천외한 여행객들을 만나게 됩니다. 유난히 시끄러운 목소리가 들려서 돌아보면 단체 관광을 하시는 우리나라 아주머니들이 보입니다. 처음에는 아줌마들을 해외에서 만나는 것이 싫었습니다. 남자들보다 거침없는 언행을 구사하시는 분들이 꽤 보입니다. 가정이라는 굴레를 벗어나 자유롭기 때문에 진정한 자신이 드러나는 것입니다. 그러나 요즘에는 생각이 달라졌습니다. 애들 키우고 남편 뒷바라지하고 경제활동하면서 얼마나 스트레스를 받았으면 저리 좋아할까 생각합니다.

남자들 사이에서는 우스갯소리로 '남자의 성격을 보려면 고스톱을 쳐보면 안다'는 말이 있었습니다. 게임 과정에서 본연의 성격이 나온다는 말이지요. 저는 여행을 가보면 그 사람이 보인다고 말하고 싶습니다. 한 사람의 독특한 취향은 먹는 것, 노는 것, 자는 것, 쇼핑, 관광, 사람을 대하는 방식에 이르기까지 곳곳에서 나타납니다. 단체여행을 가보면 취향이 천차만별입니다. 적은 돈을 따지느라 시간을 보내는 사람이 있는가 하면 먹는 것을 중요시하는 사람이 있고 사소한 일에 화내는 사람, 잠자리에 신경 쓰는 사람, 그리고 기다리는 것을 못 견디는 사람도 있습니다. 각자 자기가 가지고 있는 취향과 살아온 본래 모습이 여기저기서 튀어나옵니다. 여행지에서 타인과 같은 방을 써보면 더 극명하게 보입니다. 칫솔과 치약을 쓰는 방법이 다르며 휴지나 쓰레기를 함부로 버리는 사람도 있고 수건으로 신발을 닦는 사람도 있습니다. 여행지에서 특별하게 하는 행동이 아니라 평상시 생활방식의 연장선입니다.

1990년 미국으로 가기 위해 비행기에 올라탔을 때의 일입니다. 제 자리의 좌측에는 유태인이, 복도 건너편에는 미국인이 앉아있었습니다. 당시에는 외국인을 자주 접할 기회가 없었던 때이어서 그들은 자연스럽게 저의 관찰대상이 되었습니다. 좌측 사람은 손바닥만 한 검은 뚜껑 같은 모자를 머리에 쓰고 있었기에 유태인이라는 것을 알 수 있었습니다. 복도 건너편의 외국인은 미국 여권을 테이블 위에 올려놓고 있었습니다.

12시간 동안 비행기에 있어야 하니 읽을 책을 가방에 몇 권 준비해 갔습니다. 까마득하게 잊어버리고 있었는데 비행기가 이륙하자마자 옆

좌석의 유태인이 책을 읽기 시작합니다. 저 역시 할 일도 없고 심심하기도 해서 책을 꺼내 들었습니다. 복도 건너편의 미국인을 쳐다보니 그 역시 책을 읽고 있었습니다. 시간이 얼마나 지났을까, 저는 책을 덮고 일어나서 몸을 움직였습니다. 책 읽기도 지루해서 영화 한 편을 보고 잠을 청해봤습니다. 한참을 몸만 뒤척일 뿐 잠이 오지 않았습니다. 그렇게 뒤적거리다가 시간을 보니 겨우 4시간이 지났습니다. 그동안 유대인과 미국인은 미동도 없이 책을 읽고 있었습니다.

'무서운 사람들이구나.……. 저 사람들이 학자일까?'

선뜻 묻고 싶었지만 영어를 못하니 물어볼 재량도 없었습니다. 영어를 한다 한들 말을 붙일만한 분위기도 아니었습니다. 그때만 하더라도 비행기 뒤쪽에서 담배를 피우던 시절이었습니다. 지금처럼 흔히 미국을 가던 시절이 아니어서인지 승무원에게 술을 달라거나 물을 달라거나 큰 소리를 치는 사람들로 비행기 안이 상당히 어수선했습니다.

지루함을 달래려고 책을 보다 눈을 감았다가 뒤척이기를 반복했습니다. 미국인은 어느덧 잠이 들어 있었습니다. 제 옆에 유태인은 책을 읽으며 계속 무언가 메모를 하고 있었습니다. 도대체 무슨 책이기에 저렇게 집중해서 읽을까 궁금했습니다. 유태인은 비행기에서 내릴 때까지 손에서 책을 놓지 않았습니다. '미국이 세계를 지배하고 유대인이 미국을 지배한다'는 말에 수긍하지 않을 수 없었습니다. 장장 12시간을 한

눈 팔지 않고 오롯이 책을 읽는 사람은 그전에도 그 후에도 본 적이 없습니다.

그는 제게 유대인의 모습을 각인시켰습니다. 대단한 민족이라는 강렬한 인상을 심어주었습니다. 저의 궁금증은 거기서 끝나지 않았습니다. 비행기에서 봤던 그 유태인은 이스라엘 민족에 대해 더 알고 싶게 만들었습니다. 미국에 도착한 저는 제일 먼저 LA에 있는 유태인 기념관을 방문했습니다. 작은 숫자의 유태인이 어떻게 전 세계에 가장 강한 영향력을 행사할 수 있는지 그들에 관련한 서적을 읽었습니다. 지금도 그들은 제게 영감을 주고 있습니다.

그날 탔던 비행기는 여행에 대한 해석을 바꾸어 놨습니다. 비행기를 타는 순간부터는 자신의 굴레를 벗어나 벌거벗은 자신을 타인에게 보여주는 시간인지 모릅니다. 각자 생각하는 바를 실현하기 위해 구상하면서 자신만의 시간을 갖게 되는 것입니다.

여행은 단순한 쉼과 휴식, 그 이상의 것일지도 모릅니다. 숨겨졌던 자신의 삶을 드러내는 광고 행위가 되고 나의 나라를 보여주는 또 하나의 강력한 루트가 됩니다. 동시에 다른 세계를 바라보면서 자신을 새로운 세계로 확장시켜 나가는 엄숙한 행군인지도 모릅니다.

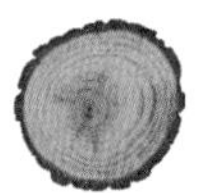

46

뭘 더 바래?

어머니가 아직 세상에 계실 때에 저에게 말씀하셨습니다.

"다행이다."

"네? 무슨 말씀이세요?"

"그래도 너는 좋은 때 만나서 다행이다."

"좋은 때라니요?"

"내가 살던 때는 정말 사람이 살기 힘들었다. 먹기조차 힘들었다."

문득 어린 시절이 떠올랐습니다. 아버지를 따라 밭으로 일하러 갈 때 제게 하신 말씀이 생각났습니다. 어머니께서는 밥 때 맞춰서 오라고 늘 당부하셨습니다. 어머님께서 좋은 때라고 하실 때 저는 좋은 먹거리가 생각났습니다. 물론 때는 시간과 시기, 시대를 말하는 것이지만 저는 제일 먼저 점심 때, 저녁 때. 밥 때가 먼저 떠올랐습니다. 사실 먹는 것은 생존이며 매우 중요한 일입니다. 저는 먹는 것을 매우 중요하게 여깁니다.

'내가 먹는 것이 곧 나다'라는 서양 속담도 있습니다. 먹는 것은 육체에 바로 반영됩니다. 먹는 것이 나라는 존재를 나타내고 정체성에 영향을 미친다는 말입니다. 어떤 것을 먹는가도 중요하지만 어떻게 먹는가도 중요합니다. 저는 하루일과 중에 식사 시간이 가장 행복하고 즐거워야 한다고 생각합니다. 편안한 상태로 기분 좋은 식사를 하기 위해서 불편한 사람들과는 식사 약속을 잘 하지 않는 편입니다.

의식주는 편하게 해야 한다고 생각합니다. 사람에게 필수적으로 요구되는 이 3가지는 편할수록 좋습니다. 크고 비싼 집이 꼭 좋은 집은 아닙니다. 자신의 상황에 맞게 마음을 편안하게 해주는 최소한의 공간은 사람에게 안락함과 쉼을 줍니다. 옷도 마찬가지입니다. 자신에게 어울리는 색상과 몸에 적당히 맞는 사이즈는 스타일을 살려줍니다. 먹는 행위는 오감이 발동되며 맛과 배부름을 즐기는 기쁨을 선사합니다.

때를 맞추어 산다는 것이 참으로 어렵습니다. 가끔 식사 때를 놓치곤 하면 기본적인 때를 지키는 것이 생각보다 어렵다는 생각이 듭니다. 요즘은 브레이크 타임이라고 점심 때를 지나면 식당들이 문을 닫는 경우가 많아졌습니다. 일을 처리하느라 좀 지체되면 식당 문 닫는 시간이라 저녁 때를 놓치기 일쑤입니다. 내 발로 가서 내 돈을 주고 먹는 데도 그렇습니다. 때 놓치면 먹는 것 하나도 이러합니다.

태어나는 때와 시기를 맘대로 정해서 태어날 수 없습니다. 억지스럽지만 어떤 사람들은 좋은 사주에 맞춘다고 유도분만을 하는 사람도 있다는 소리를 들었습니다. 그만큼 때를 신경 쓰는 것이겠지요. 때라고 하는 것은 정하는 기준과 보는 기준에 따라 다릅니다. 하루 몇 시간이 될 수도 있고 몇 년이 될 수도 있으며 한 세기가 될 수도 있습니다. 저는 분명 어머니보다 더 좋은 때에 태어난 것이고 제 자녀들은 저보다 훨씬 좋은 때에 태어난 것입니다. 때라고 하는 것은 천금 만금보다 더 큰 하늘의 은혜 같습니다.

모든 나라들의 각 역사에는 수많은 영웅들이 있고 나라를 쥐락펴락했던 왕들이 있습니다. 한때 엄청나 보이고 대단하게만 느껴졌던 그들이 요즘은 그다지 부럽지 않습니다. 만약 저에게 누군가 '조선시대 때의 왕을 할 것이냐? 지금 시대 때의 일반 시민으로 살 것이냐?' 둘 중 하나를 선택하라고 한다면 이건 생각해 볼 필요도 없는 질문입니다. 저는 오늘날을 살아가는 일반 시민을 선택할 것입니다.

왕의 평상시 밥상을 수라상이라고 합니다. 수라상에 오르는 음식들은 요즘의 일반 백반집에서도 먹을 수 있는 음식들입니다. 구절판이 궁중 음식이라고 하지만 아름다운 그릇에 화려하게 담겨 나오기만 하지 특별히 맛있는 음식은 아닙니다. 아홉 칸으로 나뉜 그릇에 나물과 채소, 고기를 담은 음식입니다. 왕이라고 해서 피자를 먹어봤겠습니까? 치킨을 먹어봤겠습니까? 냉장고도 없던 시절이니 아이스크림이라는 것은 상상조차 못해봤을 것입니다. 무역도 활성화가 돼 있지 않을 때였으니 캐비어나 랍스타가 무엇인지도 몰랐을 것입니다.

조선시대의 풍경을 떠올려보면 쉽습니다. 그 시절 왕이 할 수 있었던 것을 그려보세요. 취미라고 해봐야, 기껏 말을 타고 활을 쏘며 사냥을 했을 것입니다. 풍악을 울리고 가무를 즐기고 시를 읊었겠지요. 누릴 수 있는 것이 얼마 없었습니다. 해외는커녕 아마 제주도도 쉽게 가지 못했을 것입니다. 행사나 전쟁 때문에 다른 지방으로 이동하는 것이 아니라면 멀리 가봤자 말 타고 한두 시간 달려가는 곳이 전부였을 것입니다.

제 아무리 일국의 왕이어도 시대를 앞서 나가지는 못합니다. 자동차, 비행기, 컴퓨터, 스마트폰, 영화, 오페라 뭐 하나 접해보지 못하고 생을 마감했습니다. 이 시대에 태어난 것은 천만다행입니다. 종류별로 취향별로 즐길 수 있는 문화와 기술과 음식이 넘쳐나는 이 시대에 태어난 것은 축복과 같은 일입니다.

하루가 다르게 나날이 발전하는 최첨단의 기술을 시시각각 누리고 있습니다. 3개월이 지나면 더 좋은 기술과 디자인이 적용된 제품이 쏟아집니다. 작년보다 몇 단계는 진화된 더 나은 서비스가 우리를 기다리고 있습니다. 좋은 때에 태어난 것은 참으로 큰 은혜입니다. 좋은 때를 만나서 누릴 수 있으니 행복합니다. 노력하지 않았는데 이런 시절에 태어난 것이 얼마나 감사한지 모릅니다. 노력하지 않고 그냥 얻어졌기 때문에 저는 은혜라고 말합니다.

요즘을 100세 시대라고 합니다. 그만큼 수명이 늘어나고 삶의 질이 좋아졌다는 의미겠지요. 그러나 제 계산은 좀 다릅니다. 조선시대에 비하면 천년은 사는 것 같습니다. 조선시대 때라면 말을 타고 몇 날 몇 달을 가야 하는 거리를 우리는 기차, 버스, 자동차, 배를 타고 손쉽게 이동합니다. 심지어 비행기를 타고 바다를 넘나듭니다. 지구 반대편에도 10시간이면 도착합니다. 온라인으로 물건을 주문하면 다음 날 새벽 집 앞에 와 있습니다. 저는 조선시대 왕이 가볼 수 없는 곳을 수도 없이 가봤고 평생 볼 수 없는 것을 수도 없이 봤습니다. 우리가 경험하고 있는 이 세계를 축복이 아니면 무엇이라 해야 할지 모르겠습니다.

조선시대까지 올라갈 것도 없습니다. 1960년대 제가 어린 시절 살던 시골에서 시내를 한번 나가려면 반나절이 넘게 걸렸습니다. 지금은 20분이면 충분합니다. 조선시대에는 아무리 돈이 많아도, 권력을 쥐고 있는 왕이라 해도 결코 할 수 없었던 일입니다. 보지 못했고, 듣지 못했고,

경험하지 못했으며 생각조차 하지 못했던 것들을 우리는 누리고 삽니다. 이렇게 비교한다면 같은 100년을 살아도 10배, 100배는 더 오래 사는 것입니다.

부모 탓, 환경 탓, 나라 탓, 남 탓할 것 없습니다. 못 산다고, 못났다고 혹은 부족하다고 할 것 없습니다. 아무리 없이 산다 해도 조선시대 왕이 누리지 못한 것들을 매일 누리면서 살고 있습니다. 좋은 때를 만나 당연하게 누리고 있는 것들에 감사할 뿐입니다. 분명 놀라운 시대의 혜택 속에 살고 있습니다. 좋은 때를 만난 은혜 가운데 있는 겁니다.

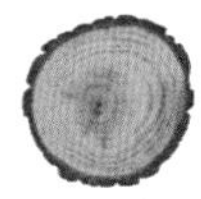

47

하루의 천국과 지옥

강렬하고 뜨거운 여름 햇볕이 내리쬐는 바닷가입니다. 해수욕을 하러 온 사람들이 연신 즐거운 비명을 지르며 뛰어듭니다. 부서지는 파도를 향해 신나게 몸을 던지는 사람들을 보기만 해도 시원해집니다. 튜브를 타고 있는 사람, 제트스키를 타는 사람, 보드를 타는 사람, 수구를 하는 사람, 수영하며 술래잡기를 하는 사람, 수상스키를 타는 사람, 물 하나만 있어도 이렇게 재미나게 논다는 것이 참 놀라웠습니다. 덩달아 저까지 기분이 좋아졌습니다.

백사장 한편에서 남녀가 싸우는 소리가 들렸습니다. 멀리 떨어져 있어서 말소리는 정확하게 들리지 않았지만 다투는 것이 분명했습니다. 소리를 지르고 물건을 집어 던지더니 결국 한 명이 그 자리를 떠나버렸습니다. 제 주변의 휴양객들도 모두 잠시 하던 것을 멈추고 그들을 쳐다보고 있었습니다. 이 좋은 곳에 놀러 와서 왜 저렇게 싸우나 싶었습니다. 얼마 전에 신혼여행을 갔다가 싸우고 각자 돌아온 신혼부부 얘기를 들은 것이 생각났습니다.

관광지는 정해져 있지만 천국은 정해져 있지 않나 봅니다. 누군가에게는 천국같이 좋았을 이 장소가 그 남녀에게는 지옥같이 느껴졌을 것입니다. 천국은 장소의 개념이 아닌 것만은 확실한 것 같습니다. 찾아가고 도달해야 하는 어느 지점에 천국이 있는 것은 아닌 듯합니다.

이런 상상을 해봤습니다. 웅장하고 멋있는 나이아가라 폭포를 보러 놀러갔는데 만약 그곳에서 철천지 원수를 만나게 된다면 나이아가라 폭포와 주변 풍광이 눈에 들어올까? 글쎄요. 복수의 마음이 끓어오르거나 살인 충동을 느낄 것 같습니다. 하던 일을 모두 멈추고 돌아가고 싶을지 모릅니다. 하루 종일 밥 생각도 안 날지 모릅니다. 그렇다면 휴양지에 왔기 때문에 행복한 것인가 아니면 휴양지에 사랑하는 사람과 함께 있기 때문에 행복한 것인가? 아무래도 후자에 손을 들어줄 수밖에 없을 것 같습니다.

서울에서 애인을 만나면 서울이 천국이 됩니다. 부산에서 애인을 만나면 부산이 천국이 됩니다. 애인과도 싸우고 헤어지면 같은 장소가 지옥처럼 느껴질 것입니다. 천국은 장소에 있지 않습니다. 바라던 것이 이루어지는 것, 그것을 느끼는 내 마음이 천국인 것입니다. 사랑하는 사람과 함께 유쾌한 저녁식사를 하는 것이 천국처럼 느껴진다면 그것은 장소 때문이 아닙니다. 굳이 어떤 도시의 레스토랑이어야 할 필요도 없는 겁니다. 같이 있는 것만으로도 족하기 때문입니다. 마음에서 천국이 이루어지고 지옥도 이루어집니다.

집이 가장 편해야 하는 장소가 아닌가 싶습니다. 유일하게 마음 놓고 편안하게 있을 수 있어야 하는 장소여야 합니다. 그런데 제가 아는 지인 중에 집에 잘 안 들어가시는 분이 있습니다. 외박을 하는 것은 아닌데 최대한 늦게 들어가려고 합니다. 이렇게 밖에서 맴도는 분들이 계십니다. 왜 그렇겠습니까? 집에 안 들어가는 이유는 하나입니다. 불편한 사람이 집에 있는 거지요. 집이 지옥이 된 것입니다.

최근에는 천국은 저 멀리 하늘에 있는 것이 아니라는 생각이 더욱 듭니다. 내 마음에 있기에 인간만큼이나 변화무쌍합니다. 좋았다가 싫었다가 미칠 듯이 좋았다가 끔찍하게 싫었다가를 반복합니다. 움직이는 천국이고 움직이는 지옥입니다. 천국은 매일 만드는 겁니다. 만들어지고 없어지고 또 생기는 겁니다. 어렵게 볼 것 없습니다. 좋으면 천국이고 싫으면 지옥인 거지요. 엘리베이터 타고 버튼 하나 누르면 자동으로 맨 꼭대기 층으로 올라가서 만날 수 있는 곳이 아닙니다.

하나님은 우리에게 하늘부터 땅과 바다에 이르기까지 이름 붙여 부를 수 있는 권한을 주셨습니다. 성경을 보면 아담이 만물을 보고 이름 짓는 대로 불리어졌다고 나옵니다. 독수리라고 부르면 독수리가 되는 것이고 장미라 부르면 장미가 되는 것입니다. 무엇이든 이름 붙이고 그렇게 부를 수 있는 권한을 주신 것입니다.

내 마음에도, 당신의 마음에도 권한을 주셨습니다. 천국이 될 수 있는 권한도, 지옥이 될 수 있는 권한도.

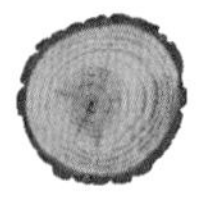

48

인간은 어설픈 존재가 아니다

발명가 하면 에디슨이 떠오릅니다. 저는 에디슨이 어린 시절에 바보 소리를 듣고 자랐다는 것이 참 신기했습니다. 천재가 바보 소리를 들었다니, 이것만한 반전이 또 있나 싶습니다. 초등학교에 가고 동급생들과 어울려 다니면서 제일 먼저 배운 욕이 '바보'였습니다. 아이들이 누군가 어리석고 모자라 보이면 바보라고 놀려댔습니다. 그럼 저는 그 바보를 유심히 지켜보곤 했습니다. 에디슨 같은 천재일지도 모르니까요.

그뿐이 아닙니다. 저도 시험을 잘 못봐서 선생님께 바보 소리를 들으면 나도 혹시 커서 에디슨처럼 되려나 보다 했습니다. 누가 막 놀려대면 속으로 '내가 에디슨처럼 되면 너는 죽었어.' 하며 혼자 좋아했습니다.

선생님과 친구들에게 바보소리 듣던 에디슨이 세계적인 발명가가 될 줄 누가 알았겠습니까? 부모님, 형제자매들, 동네 사람들이 어떻게 알았겠어요? 모릅니다. 알 수 있는 방법도 없습니다. 사람이 가지고 있는 잠재력을 알 수 있는 사람은 없습니다. 한 사람 안에도 여러 가지 능력이 있습니다. 능력이 있다, 없다를 누구도 판가름할 수 없습니다. 사람 안에 내재된 능력의 종류도 다 다를 뿐 아니라 능력의 크기도 다 다릅니다. 보이는 현상을 가지고 속단할 수 없습니다.

하나님은 인간을 어설프게 만들어 놓지 않았습니다. 자동차는 2,000CC 자동차로 만들어 놓으면 그 이상의 성능을 낼 수 없습니다. 만들어 놓은 한계 안에서만 움직일 수 있습니다. 비행기도 200석으로 만들어 놓으면 그 이상 사람을 더 태울 수 없습니다. 건물도 5층으로 지어 놓으면 5층 안에서만 사용할 수 있는 겁니다.

사람은 다릅니다. 사람은 그 속에 모든 것이 들어 있어서 자기가 개발하는 만큼 개발됩니다. 하나님이 주신 능력을 다 발휘하고 죽는 사람은 아무도 없습니다. 아인슈타인이 천재 중의 천재라고 하지만 능력의 2%도 사용을 못했다고 합니다. 머리가 그렇게 좋은데도 뇌의 극히 일부분만 사용하고 죽은 겁니다. 우리는 어느 정도 되겠습니까? 무엇을 시작하던지 예전보다 더 좋은 환경에서 훨씬 탄탄한 기반 위에서 시작할 수 있는 세상입니다. 아직 초입도 못 갔습니다. 그런데 좌절합니다. 자신 안에 다 들어 있습니다. 개발을 잘 해야 합니다.

물이 없는 사막도 자꾸 뚫고 들어가면 물이 나옵니다. 끝까지 파 들어가면 안 나올 수가 없습니다. 물이 안 나오면 기름이라도 나오겠죠. 기름이 나오면 대박이 나는 겁니다. 그러니 낙심하지 마세요. 대답 못했다고, 미련하다고 생각하지 마세요. 못난이처럼 살아가고 있다고 자신을 포기하지 마세요. 이것도 모른다며 스스로 바보라고 자책하지 마세요.

요즘 방송에서는 자존감self-esteem이라는 표현을 자주 듣게 됩니다. 자기 자신을 스스로 존중하고 사랑하는 마음인 '자아존중감'을 간단히 이르는 말이라 합니다. 미국의 심리학자 윌리엄 제임스가 1980년대 처음 사용한 단어로 그는 성공을 욕구로 나눈 값이 자존감이라고 정의했습니다. 자존감에 대한 무수히 많은 정의와 자존감을 높이는 방법에 대해 서술한 책들도 많이 나오고 있습니다.

저는 자존감을 주변에 흔들리지 않고 자신이 원하는 것을 용기 내어 시도하는 것이라고 생각합니다. 주변에서 자신을 향해 떠드는 말에 귀 기울일 필요 없습니다. 그런 사람에게 자신의 인생이나 제대로 살라고 하십시오. 흥미를 느끼고 있는 것이 있다면 좋은 시작점이 됩니다. 원하는 것이 있다면 그것을 성취하기 위해 도전하면 됩니다. 혹여 바보 소리를 듣고 못난이 소리를 듣고 있다면 정상 범위에 있는 사람보다 천재일 확률이 높은 겁니다. 포기하지 마세요. 끝까지 한다는 것은 될 때까지 하는 것입니다.

49

인생의 사계절, 후회 없이 아름답기를

한창 일하는 중이었습니다. 잠시 쉬는 틈에 산을 바라봤습니다. 알록달록 다양한 모양과 색을 입은 단풍이 시야 가득 들어옵니다. 청명한 가을 하늘과 어우러져 바람에 일렁이는 모습을 보니 시력이 좋아지는 것 같은 착각이 들 정도입니다. 저는 색이라는 것이 이처럼 다양한 줄 몰랐습니다. 초등학교 때 배운 7가지 색, 빨주노초파남보. 최고로 많은 색깔의 크레파스를 가져 본 게 12가지였습니다. 제가 아는 색에 더해진 것은 살색과 흰색, 검은색 정도였습니다. 산을 바라보니 책상 하나를 가득 채워도 넘쳐날 수백 가지 색들이 산등선 곳곳에 넘실대고 있습니다.

겨울이 갓 지나 봄이 올 때는 연한 연두색이 올라옵니다. 새싹이 하나둘 올라와 여린 노란색을 품은 연둣빛을 뽐낼 때도 참 아름다웠습니다. 아기살처럼 보드라움을 간직하고 무럭무럭 자라납니다. 잎이 막 피는 봄에는 어떤 나무인지 종류를 제대로 알 수 없습니다.

여름이 오기 시작하면 무성하고 진한 초록색의 잎으로 변하면서 어떤 나무인지 자신의 존재를 드러내기 시작합니다. 한여름의 뜨거운 태양과 퍼붓는 비를 맞으며 점점 진하고 강렬하게 색이 변합니다. 가을이 되니 초록색의 향연을 끝내고 수를 헤아릴 수 없이 다양한 색깔로 자신을 뽐냅니다.

아름다운 단풍을 볼 수 있는 시기는 길지 않습니다. 그러나 무르익어가는 나뭇잎 하나하나가 각기 다른 농도로 매일 매일 다르게 색을 입어갑니다. 가을을 알리는 찬바람이 불기 시작하면 낙엽이 되어 하나둘 바닥으로 떨어집니다. 바닥에 낙엽이 쌓일 즈음 하얀 눈이 세상을 뒤덮습니다.

나무의 봄 여름 가을 겨울 사계절을 보고 있자면 인간도 사계가 있는 것 같습니다. 나무를 자세하게 들여다보면 사람과 똑같다는 생각이 듭니다. 사람도 태어날 때는 아들딸 구분 없이 귀엽고 예쁩니다. 아들 낳았다고 하면 장군감이라고 하고 딸을 낳으면 미스코리아 감이라고 합니다. 못 생겼다는 소리를 듣는 아이는 거의 못 봤습니다. 예쁘고 잘 생겼다는 소리를 들었던 봄의 새싹 같은 아이들이 커가면서 점점 자기 색을 내기 시작합니다. 무성해지는 한여름처럼 하루가 다르게 커갑니다.

그때부터 나무의 종류가 확연히 구분되듯 사람도 유형이 구분됩니다. 예쁘장하게 생겼는데 하는 짓이 예쁘지 않다는 둥, 예의가 바르고 착하다는 둥, 기질이 있다는 둥, 이런저런 소리를 듣기 시작합니다. 그렇게 점차 자기만의 색깔로 이미지를 만들어 갑니다. 이미지는 누가 만들어주는 것이 아닙니다. 자신의 삶으로 자신이 만들어 가는 겁니다. 가을이 되어 장년이 되면 얼굴에 삶이 적히기 시작합니다. 조각처럼 새겨져 윤곽이 드러납니다. 단풍색처럼 다양하게 말입니다. 장년이 된 사람의 삶을 보면 멋있고 깊이 있게 물든 붉은빛을 내는 사람도 있고 불그스름 해지다가 만 사람도 있으며 옅은 노란빛을 내는 사람도 있습니다.

각자 살아온 만큼 그 색을 나타냅니다. 가을이 되어서야 나뭇잎이 자기 색깔을 드러내듯이 인간도 나이를 먹어가면서 자기 색깔이 나오고 진가가 드러나기 시작합니다. 겨울이 와 낙엽이 떨어질 때도 비슷합니다.

작년에 아파트 관리하시는 분이 가을이 되어 낙엽 쓰는 모습을 본적이 있습니다. 대부분의 낙엽이 다 떨어져 정리를 하는데 여전히 나뭇가지에 붙어있는 단풍들이 있었습니다. 낙엽이 한 번에 안 떨어지니까 나무를 흔들어서 강제로 떨어뜨리고 있었습니다. 궁금증을 못 이기고 제가 물었습니다.

“왜 나무를 흔들어 떨어뜨리시는 건가요?”

“낙엽을 모아서 거름으로 만들려 합니다. 낙엽이 한 번에 떨어지면 좋은데 저렇게 지저분하게 몇 개가 붙어 있다가 나중에 떨어지니 그때 또 쓸어야 하고 지저분하니까 강제로 흔들어 떨어뜨리는 것입니다.”

그 말씀을 들으니 어머니가 생전에 하셨던 말씀이 떠올랐습니다.

‘가는 사람은 뒤가 고와야 한다.’

사람이 들어올 때가 있으면 나갈 때도 있는 법입니다. 물러나라고 흔들기 전에 떠나야 합니다. 사람도 자기가 떠날 때 바로 떠나야지 늙어서 죽을 때까지 그 자리 있으려고 몸부림치면 추한 것과 마찬가지일 것입니다. 직장도 정치도 종교도 무슨 일을 하든지 떠날 때가 되면 스스로 알아서 떠날 줄 알아야 합니다.

쫓겨날 때까지 아주 죽을 힘을 다해 붙어 있으려고 온갖 짓을 다 하는 사람들이 있습니다. 온갖 갑질을 하며 살다가 그것도 모자라서 대물림하려 하고 결국 험한 꼴을 보고 물러나는 경우를 많이 봤습니다. 떠나는 사람 뒤에서 속 시원히 잘 간다, 다시 안 봤으면 좋겠다는 소리를 들으면 인생 잘못 산 것입니다. 떠나는 사람은 최선을 다했으니 미련 없이 떠나고 보내는 사람들이 아쉬워하고 눈물을 흘려줄 때 떠나야 아름다운 이별입니다. 관 뚜껑이 덮일 때 관 위에 눈물 한 방울이라도 떨어지는 삶을 살아야 합니다.

인간은 죽을 때까지 변화무쌍해서 죽어야 진가가 드러납니다. 죽어서도 누군가의 삶에 각인되고 원동력이 되고 그리워하는 존재로 남는다면 그 사람은 거름으로서의 역할까지 한 것입니다. 다음 봄이 올 때 새싹이 되는 새로운 인생들에게 거름으로 보탬이 되는 겁니다.

열매를 맺는 나무도 있고 열매를 맺지 못하는 나무도 있지만 시원한 그늘을 만들어 줄 수 있습니다. 집 짓는 목재로 쓸 수 있는 나무도 있고 가구로 쓸 수 있는 나무도 있습니다. 오랜 시간 나무를 다뤄본 저로서는 작은 나무든 큰 나무든 어떤 나무라도 쓸모없는 나무는 없는 것 같습니다. 쓸모없어 보이는 잡풀 가시넝쿨 중에도 약초로 쓸 것이 있고 맛있게 먹을 수 있는 나물도 있습니다. 제가 모르는 전혀 쓸모없는 것도 있을지 모르지만 죽어서 거름이 되어 다른 생물을 위해 쓰여집니다.

봄에 잎이 피는 모든 식물들은 춥고 모진 겨울을 견뎌내어 피어난 것들입니다. 한때의 가뭄에 시들시들해져도 장맛비와 태풍에 몸을 낮추었어도 결국 이겨내고 살아남은 것들입니다. 사계를 거치고 매년 해를 거듭하며 성장해 갑니다. 단풍이 들 때도 나무 종류마다 다르게 듭니다.

같은 나무라고 해도 가지마다 다릅니다. 가지가 어느 방향으로 뻗었느냐에 따라 색이 다르고 같은 나무의 잎이라도 잎의 위치마다 색이 다르고 모양이 다릅니다. 참으로 오묘한 것입니다. 자연도 아침, 점심, 저녁에 볼 때마다 다릅니다. 봄, 여름, 가을, 겨울과 낮과 밤마다 다르고 날씨에 따라 느낌이 전혀 달라집니다. 폭풍이 칠 때, 바람이 살랑 불 때, 비올 때, 바람이 불지 않을 때마다 다채롭고 변화무쌍합니다. 바람이 부는 방향에 따라 나뭇잎이 흔들리고 뒤집어지면서 색깔이 반응합니다. 태양이 정지하지 않고 돌아가듯이 자연은 순간도 정지하지 않습니다. 산에 나무를 키우느라 수십 년을 자연 속에 살았지만 볼 때마다 다른 자연이 신비하기만 합니다.

어느 늦은 가을날 이른 아침에 항상 다니던 산에 올라 산책을 하고 있었습니다. 길에는 솔잎이 떨어져 마치 노란 양탄자를 깐 것 같았습니다. 연한 안개와 나뭇가지 사이로 떠오르는 햇빛이 비치어 절묘한 조화를 이루고 있었습니다. 말로 표현할 수 없는 완벽한 순간이었습니다. 자연이 선사하는 아름다움에 발걸음을 멈추었습니다. 알 수 없는 벅찬 감정이 가슴을 치고 올라와 저도 모르게 눈물이 흘렀습니다. 이렇게 멋진 가을처럼 늙어가고 싶습니다. 얼마 안 남은 저의 시간이 벅찬 감동처럼 아름답기를 희망합니다. 말로 표현할 수 없는 하나의 작품처럼 나이 들고 싶습니다.

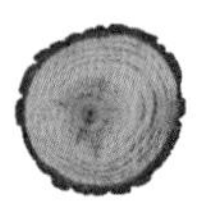

50

다시 만난다면

어느 날 지인들과 이야기를 나누다가 뜬금없는 질문을 받았습니다.

"홀어머니 밑에서 자라셨어요?"

"아우님, 왜 그런 말을 하시나요?"

"어머니 사연은 종종 말씀하시는데 아버지에 대한 언급은 없으셔서 일찍 돌아가신 줄 알았습니다."

그 말에 모두 웃었습니다. 물론 지금은 돌아가셨지만 아버지를 떠올리니 몇 가지 사연들이 생각납니다. 워낙 무섭고 엄격하셨던 지라 아버지의 별명은 호랑이었습니다. 집안에서는 아버지의 말이 법이었고 아버지가 맞다고 생각하시는 것은 누구도 막지 못했습니다. 어머니께서는 종종 아버지를 얼음장같이 차고 강직한데 남에게는 '군자'이고 가족에게는 '소인배' 같다고 하셨습니다.

한 번도 자녀들이나 손자 손녀를 안아본 적이 없다고 하셨습니다. 어머니가 손자를 안고 얼마나 예쁜지 보라고 하면 혀를 끌끌 차면서 '며느리가 보고 배울라. 제 자식 예뻐하면 다른 사람들한테 미움받는 거야. 자식 사랑은 남이 안 볼 때 하던지 마음으로 해야지.'라며 퉁명스럽게 말씀하셨습니다.

50년도 더 지난 이야기입니다. 요즘은 제사가 간소화되거나 생략되는 경우도 있지만 그때는 제사 한번 지내고 나면 집안이 휘청대던 시절이었습니다. 우리 집은 제사가 1년에 6번쯤 되었는데 한번 치를 때마다 온 가족이 몸살이 났습니다. 떡 하나를 만들 때도 집에서 쌀을 불리고 절구에 찧어서 가루를 만들고 떡을 찌셨으니 오죽이나 어머니께서 힘드셨겠습니까. 도와주는 친척도 없이 가진 것도 없는 집에서 2달에 한 번씩 홀로 홍역을 치르듯 제사를 치렀습니다.

어느 날 제사를 앞두고 어머니께서 음식을 장만하신다고 쌀을 불리고 계셨습니다. 아버지께서 제사상 차리지 말고 국수나 시원하게 삶으라고 하셨습니다. 놀란 어머니께서 무슨 말이냐고 되물었습니다.

"죽은 조상이 산 사람 고생시키면 되나. 내 말대로 해. 다른 음식 준비하지 마."

"친척들 다 오는데 갑자기 음식 안 하면 나만 욕먹어요. 올해는 하고 다음부터 안 한다고 하시든지 하세요."

"누가 욕을 해! 제사 지내느라고 여자들 골병드는 건 생각들을 안 해. 제사 음식 안 한다고 욕하는 사람들이 제사 다 가져가라고 할 거야."

"조상 잘 모셔야 잘 된다고 노래하는 사람들인데... 내 욕하지, 당신 욕 안 합니다."

"조상 잘 모셔서 잘 살면 그들이 내가 제사 모시게 놔뒀겠어? 벌써 저들이 다 가져갔지. 지금까지 했으면 됐어. 이렇게 안 하면 못 고치고 평생 당신만 고생할 거야. 그러니 내 말 들어."

아버지는 단호하셨습니다. 그리고 제삿날 우리 집에 모인 친척들은 아버지의 말씀에 경악했습니다. 조상 잘못 모시면 집안이 망한다느니, 조상 덕에 살면서 조상을 홀대하면 안 된다느니 난리가 났습니다. 목청 높여 제사의 당위성을 설명하는 말들을 묵묵히 들으시던 아버지가 입을 여셨습니다.

"할 말들 다 했지? 조상 잘 모시는 것이 제사 지내는 것이라면 내가 양보할 테니 두말 말고 내가 모시는 제사 다 가져가라! 조상님들이 제사 음식 드시고 사신다면 1년에 한 번 제사상 기다리다가 다 굶어 죽었을 테니 이제 안 지내도 되겠네! 조상들이 음식 차리는 대로 진짜 싹 드시고 간다면 상다리 부러지게 음식 하겠냐? 다 지들이 먹으려고 하는 것이지. 제사 음식 차리는 것으로 효자 불효자 따지는 것도 잘못된 일이다. 조상 잘 모시고 집안 잘되고 싶은 사람은 제사 가지고 집으로 돌아가라. 나는 모든 제사는 한 번으로 몰아서 지낼 거니까 그리들 알아."

"아니... 한 번으로 끝낸다고요?"

"여러 말 할 것도 없고 그게 싫으면 직접 제사 가져가서 각자 집에서 잘 모셔라. 나는 내 힘으로 살 거니까."

친척들은 결국 아무 소리도 못하고 돌아갔습니다. 어린 나이였지만 저는 아버지의 행동에 너무 놀랐습니다. 지금은 별거 아닌 것 같지만 1970년대에는 파격적이라는 표현으로도 설명이 안 되는 일이었습니다. 뒤돌아보면 어머니 홀로 집에서 제사음식 장만하느라 몸 고생, 마음 고생하는 것이 보기 안타까워서 내린 결정이었다는 생각이 듭니다. 표현은 안하셨지만 깊은 속정이 있었던 것을, 그 마음을 어머니께서 아셨을까요.

아버지는 한 번도 제 손을 잡아주신 적이 없습니다. 아버지께서 병석에 누워 계실 때 처음으로 손을 잡아봤습니다. 자상하거나 따뜻한 말씀을 들어 본 적도 없습니다. 사랑이라는 것을 느껴 본 적이 없었습니다. 아버지가 나를 사랑하신다는 것을 느껴보고 싶었지만 그런 기회가 없었습니다.

사랑이라면 사랑일까요? 비슷한 감정을 느꼈던 일이 하나 있습니다. 모든 아이들은 반듯이 누워 가지런히 이불을 덮고 잠들어도 밤새 이불을 뻥뻥 발로 걷어차며 잡니다. 저도 그런 덕에 이불은 어디론가 사라지고 새벽의 스산한 기운에 잠을 깨곤 했습니다. 어느 날 제가 잠을 자고 있는데 누군가 이불을 덮어주고 꼭 눌러 주는 겁니다. 잠결에 실눈을 떠보니 아버지였습니다.

저는 종종 깊은 밤에 잠자는 아이들 방에 들어가서 흘러내린 이불을 덮어주고 나옵니다. 아버지에 대한 유일하게 따뜻한 기억, 그때를 못 잊기 때문인가 봅니다. 제가 느꼈던 따스함을 제 자식들도 느끼기를 바라면서.

아버지 손길이 따뜻하다는 것을 그날 처음 알았습니다. 또한 그것이 마지막이었습니다. 겉으로 표현은 안 하셨지만 정이 깊었으리라, 말은 없었지만 속으로 사랑했으리라. 어디선가 듣고 있으리라는 희망에 나지막이 아버지께 말을 겁니다.

'아버지. 제가 아버지 이불은 덮어 드리지 못했습니다. 제 자식에게 하는 것, 천 분의 일만 했어도 이리 후회하지 않았을 것입니다. 아버지. 우리와 같이 사셨지만 많이 외로우셨을 것입니다. 다시 만난다면 외롭지 않게 해드리겠습니다.'

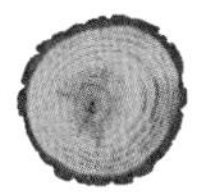

있는그대로

살아있음에 대한 단상

발행일 : 2020년 11월 27일
글쓴이 : 정범석
펴낸이 : 김태문
펴낸곳 : 도서출판 다락방
주 소 : 서울시 서대문구 북아현로 16길 7 세방그랜빌 2층
전 화 : 02) 312-2029
팩 스 : 02) 393-8399
홈페이지 : www.darakbang.co.kr

정가 : 14,500원

ISBN 978-89-7858-085-4 03810